寶葫蘆的祕密

張天翼 著

張天翼（一九〇六年—一九八五年）

湖南湘鄉人。現代小說家、兒童文學作家。一九三八年發表短篇小說《華威先生》。曾任《人民文學》主編等職。作品多以嘲諷筆調，文筆活潑新鮮，風格辛辣。著有短篇小說《包氏父子》及兒童文學作品《大林和小林》《羅文應的故事》《寶葫蘆的祕密》《禿禿大王》等。

總序一

兒童文學的歷史與記憶

林文寶

大陸海豚出版社所出版之中國兒童文學經典懷舊系列，要在臺灣出版繁體版，這是臺灣兒童文學界的大事。該套書是蔣風先生策劃主編，其實就是上個世紀二、三十年代的作家與作品，絕大部分的作家與作品皆已是陌生的路人。因此，說是經典有失嚴肅；至於懷舊，或許正是這套書當時出版的意義所在。如今在臺灣印行繁體版，其意義又何在？

考查各國兒童文學的源頭，一般來說有三：

一、口傳文學
二、古代典籍
三、啟蒙教材

而臺灣似乎不只這三個源頭，綜觀臺灣近代的歷史，先後歷經荷蘭人佔據三十八年（一六二四—一六六二），西班牙局部佔領十六年（一六二六—

一六四二），明鄭二十二年（一六六一－一六八三），清朝治理二〇〇餘年（一六八三－一八九五），以及日本佔據五十年（一八九五－一九四五）。其間，相當長時間是處於被殖民的地位。因此，除了漢人移民文化外，尚有殖民者文化的滲入；尤其以日治時期的殖民文化影響最為顯著，荷蘭次之，西班牙最少，是以臺灣的文化在一九四五年以前是以漢人與原住民文化為主，殖民文化為輔的文化形態。

一九四五年十月二十五日國民黨接收臺灣後，大陸人來臺，注入文化的熱血液。接著一九四九年十二月七日國民黨政府遷都臺北，更是湧進大量的大陸人口。而後兩岸進入完全隔離的型態，直至一九八七年十一月臺灣戒嚴令廢除，兩岸開始有了交流與互動。一九八九年八月十一至二十三日「大陸兒童文學研究會」成員七人，於合肥、上海與北京進行交流，這是所謂的「破冰之旅」，正式開啟兩岸兒童文學交流歷史的一頁。

其實，兩岸或說同文，但其間隔離至少有百年之久，且由於種種政治因素，目前兩岸又處於零互動的階段。而後「發現臺灣」已然成為主流與事實。

因此，所謂臺灣兒童文學的源頭或資源，除前述各國兒童文學的三個源頭，又有受日本、西方歐美與中國的影響。而所謂三個源頭主要是以漢人文化為主，其實也就是傳統的中國文化。

臺灣兒童文學的起點，無論是一九〇七年（明治四〇年），或是一九一二年（明治四十五年／大正元年），雖然時間在日治時期，但無疑臺灣的兒童文學是屬於華文世界兒童文學的一支，它與中國漢人文化是有血緣近親的關係。因此，了解中國上個世紀新時代繁華盛世的兒童文學，是一種必然尋根之旅。

本套書是以懷舊和研究為先，因此增補了原書出版的年代（含年、月）、出版地以及作者簡介等資料。期待能補足你對華文世界兒童文學的歷史與記憶。

林文寶，現任臺東大學榮譽教授，曾任臺東大學人文學院院長、兒童文學研究所創所所長、亞洲兒童文學學會臺灣會長等。獲得第三屆五四兒童文學教育獎，中國文藝協會文藝獎章（兒童文學獎），信誼特殊貢獻獎等獎肯定。

總序二

原貌重現中國兒童文學作品

蔣風

今年年初的一天，我的年輕朋友梅杰給我打來電話，他代表海豚出版社邀請我為他策劃的一套中國兒童文學經典懷舊系列擔任主編，也許他認為我一輩子與中國兒童文學結緣，且大半輩子從事中國兒童文學教學與研究工作，對這一領域比較熟悉，了解較多，有利於全套書系經典作品的斟酌與取捨。

一開始我也感到有點突然，但畢竟自己從童年開始，就是讀《稻草人》《寄小讀者》《大林和小林》等初版本長大的。後又因教學和研究工作需要，幾乎一而再、再而三與這些兒童文學經典作品為伴，並反復閱讀。很快地，我的懷舊之情油然而生，便欣然允諾。

近幾個月來，我不斷地思考著哪些作品稱得上是中國兒童文學的經典？哪幾種是值得我們懷念的版本？一方面經常與出版社電話商討，一方面又翻找自己珍藏的舊書。同時還思考著出版這套書系的當代價值和意義。

中國兒童文學的歷史源遠流長，卻長期處於一種「不自覺」的蒙昧狀態。而清末宣統年間孫毓修主編的「童話叢刊」中的《無貓國》的出版，可算是「覺醒」的一個信號，至今已經走過整整一百年了。即便從中國出現「兒童文學」這個名詞後，葉聖陶的《稻草人》出版算起，也將近一個世紀了。在這段不長的時間裡，中國兒童文學不斷地成長，漸漸走向成熟。其中有些作品經久不衰，而一些作品卻在歷史的進程中消失了蹤影。然而，真正經典的作品，應該永遠活在眾多讀者的心底，並不時在讀者的腦海裡泛起她的倩影。

當我們站在新世紀初葉的門檻上，常常會在心底提出疑問：在這一百多年的時間裡，中國到底積澱了多少兒童文學經典名著？如今的我們又如何能夠重溫這些經典呢？

在市場經濟高度繁榮的今天，環顧當下圖書出版市場，能夠隨處找到這些經典名著各式各樣的新版本。遺憾的是，我們很難從中感受到當初那種閱讀經典作品時的新奇感、愉悅感、崇敬感。因為市面上的新版本，大都是美繪本、青少版、刪節版，甚至是粗糙的改寫本或編寫本。不少編輯和編者輕率地刪改了原作的字詞、標點，配上了與經典名著不甚協調的插圖。我想，真正的經典版本，從內容到形式都應該是精致的、典雅的，書中每個角落透露出來的氣息，都要與作品內在的美感、精神、品質相一致。於是，我繼續往前回想，記憶起那些經典名著的初版本，或者其他的老版本——我的心不禁微微一震，那裡才有我需要的閱讀感覺。

在很長的一段時間裡，我也渴望著這些中國兒童文學舊經典，能夠以它們原來的面貌重現於今天的讀者面前。至少，新的版本能夠讓讀者記憶起它們初始的樣子。此外，還有許多已經沉睡在某家圖書館或某個民間藏書家手裡的舊版本，我也希望它們能夠以原來的樣子再度展現自己。我想這恐怕也就是出版者推出這套書系的初衷。

也許有人會懷疑這種懷舊感情的意義。其實，懷舊是人類普遍存在的情感。它是一種自古迄今，不分中外都有的文化現象，反映了人類作為個體，在漫長的人生旅途上，需要回首自己走過的路，讓一行行的腳印在腦海深處復活。

懷舊，不是心靈無助的漂泊；懷舊也不是心理病態的表徵。懷舊，能夠使我們憧憬理想的價值；懷舊，可以讓我們明白追求的意義；懷舊，也促使我們理解生命的真諦。它既可讓人獲得心靈的慰藉，也能從中獲得精神力量。因此，我認為出版本書系，也是另一種形式的文化積澱。

懷舊不僅是一種文化積澱，它更為我們提供了一種經過時間發酵釀造而成的文化營養。它為認識、評價當前兒童文學創作、出版、研究提供了一份有價值的參照系統，體現了我們對它們批判性的繼承和發揚，同時還為繁榮我國兒童文學事業提供了一個座標、方向，從而順利找到超越以往的新路。這是本書系出版的根本旨意的基點。

這套書經過長時間的籌畫、準備，將要出版了。

我們出版這樣一個書系，不是炒冷飯，而是迎接一個新的挑戰。

我們的汗水不會白灑，這項勞動是有意義的。

我們是嚮往未來的，我們正在走向未來。

我們堅信自己是懷著崇高的信念，追求中國兒童文學更崇高的明天的。

二〇一一年三月二〇日

於中國兒童文學研究中心

蔣風，一九二五年生，浙江金華人。亞洲兒童文學學會共同會長、中國兒童文學學科創始人、中國國際兒童文學館館長。曾任浙江師範大學校長。著有《中國兒童文學講話》《兒童文學叢談》《兒童文學概論》《蔣風文壇回憶錄》等。二〇一一年，榮獲國際格林獎，是中國迄今為止唯一的獲得者。

目錄

一

我來給你們講個故事。可是我先得介紹介紹我自己：我姓王，叫王葆。我要講的，正是我自己的一件事情，是我和寶葫蘆的故事。

你們也許要問：

「什麼？寶葫蘆？就是傳說故事裡的那種寶葫蘆麼？」

不錯，正是那種寶葫蘆。

可是我要聲明：我並不是什麼神仙，也不是什麼妖怪。我和你們一樣，是一個平平常常的普通人。你們瞧瞧，我是一個少先隊員，我也和你們一樣，很愛聽故事。

至於寶葫蘆的故事，那我從小就知道了。那是我奶奶講給我聽的。奶奶每逢

要求我幹什麼，她就得給講個故事。這是我們的規矩。

「乖小葆，來，奶奶給你洗個腳，」奶奶總是一面攆我，一面招手。

「我不幹，我怕燙。」我總是一面溜開，一面擺手。

「不燙啊。冷了好一會了。」

「那，我怕冷。」

奶奶攆上了我，說洗腳水剛好不燙也不冷。非洗不可。

這我只好讓步。不過我有一個條件：

「你愛洗就讓你洗。你可得講個故事。」

就這麼著，奶奶講了個寶葫蘆的故事。

「好小葆，別動！」奶奶剛給我洗了腳，忽然又提出一個新的要求來。「讓我給你剪一剪……」

什麼！剪腳趾甲呀？那不行！我光著腳丫，一下地就跑。可是胳膊給奶奶拽住了。沒有辦法。

不過我得提出我的條件：

「那，非得講故事。」

於是奶奶又講了一個——又是寶葫蘆的故事。

我就這麼著，從很小的時候起，聽奶奶講故事，一直聽到我十來歲。奶奶每次每次講的都不一樣。上次講的是張三劈面撞見了一位神仙，得了一個寶葫蘆。下次講的是李四出去遠足旅行，一遊遊到了龍宮，得到了一個寶葫蘆。王五呢，他因為是一個好孩子，肯讓奶奶給他換衣服，所以得到了一個寶葫蘆。至於趙六得的一個寶葫蘆——那是掘地掘來的。

不管張三也好，李四也好，一得到了這個寶葫蘆，可就幸福極了，要什麼有什麼。張三想，「我要吃水蜜桃，」一

立刻就有一盤水蜜桃。李四希望有一頭大花駒，馬上就冒出了那麼一頭——衝著他搖尾巴，舔他的手。

後來呢？後來不用說，他們全都過上了好日子。

我聽了這些故事，常常就聯繫到自己：

「我要是有了一個寶葫蘆，我該怎麼辦？我該要些什麼？」

一直到我長大了，有時候還想起它來。我有幾次對著一道算術題發楞，不知道要怎麼樣列式子，就由「8」字想到了寶葫蘆——假如我有這麼一個——

「那可就省心了。」

我和同學們比賽種向日葵，我家裡的那幾顆長得又瘦又長，上面頂著一個小腦袋，可憐巴巴的樣兒，比誰的也比不上。我就又想到了那個寶貝：

「那，我得要一棵最好最好的向日葵，長得再棒也沒有的向日葵。」

可是那只不過是幻想罷了。

可是我總還是要想到它。那一天我和科學小組的同學鬧翻了，我又想到了它。

「要是我有那麼一個葫蘆，那……」

嗯，還是從頭說起吧。

二

那天是星期日。我九點鐘一吃了飯，就往學校奔，因為我們科學小組要做一個電磁起重機，十點鐘開始。

可是那天真憋氣：同學們淨跟我吵嘴。例如我跟姚俊下的那盤象棋吧，那明明是我的佔優勢，我把姚俊的一個「車」都吃掉了。可忽然——不知道怎麼一來，姚俊的「馬」拐了過來，「叭！」將我一軍。我的老「帥」正想要坐出來避一避鋒，這才發現對面有一隻「炮」，隔著一個「炮架子」蹲在那裡。我問姚俊：

「你那個『炮』怎麼擺在這兒？」

「早就在這兒了。」

「什麼！早就在這兒了？怎麼我不知道？」

「誰叫你不知道的！」——哼，他倒說得好！

我們就吵了起來。看棋的同學還幫他不幫我，倒說我不對！我就把棋盤一推：

「不下了，不下了！」

後來我們動手做電磁起重機的時候，又有蘇鳴鳳跟我吵嘴來。

你們都不知道蘇鳴鳳吧？蘇鳴鳳是我們的小組長。其實他這個人並不怎麼樣，他打乒乓還打不過我呢。可是他老愛挑眼。他一面幹著他自己的那份工作，一面還得瞧瞧這個，瞧瞧那個。

「王葆，這麼繞不行：不整齊。」

一會兒又是——

「王葆，你繞得太鬆了。」

同志們！你們要知道，我做的這個零件，是我們全部工程裡面最重要的一部分，在科學上叫做電磁鐵：起重機要吸起鐵東西來，就全靠它。

同志們，你們要知道，我做的這一份工作可實在不簡單。我得把二十八號的漆包線繞到一個木軸兒上面去，又要繞得緊，又要繞得齊。假如讓女孩兒來做這樣的工作，那就再合適不過了。而我呢，恰巧不是個女孩兒。問題就在這裡。

可是蘇鳴鳳簡直看不到這個問題。你瞧，人家做得非常費勁，鬧得汗珠兒都打鼻尖上冒出來了，蘇鳴鳳可還一個勁兒提意見，不是這樣就是那樣。

我動了火：

「這麼做也不行，那麼做也不行——你做！」
蘇鳴鳳說：
「好，我來繞。你去做絞盤上的搖柄吧。」
這個絞盤上的搖柄——可再重要不過了。只有等我把搖柄做好安上去之後，你才能轉動絞盤，使起重臂舉起來。要不然，就不能算是一個起重機。所以我也很樂意做。我很願意對這整個工程有這麼重要的貢獻。
可是忽然——蘇鳴鳳嚷了起來：
「不對，王葆！你把它弄成『之』字形了。這兩處都得折成直角才成。」
等到我把它矯正，蘇鳴鳳又來了：
「這成了鈍角了，不行！」
「怎麼又不行？」
「這麼著沒有用處：搖不起來。」
「你怎麼知道它搖不起來？」
有人插嘴：
「這實在不像個搖柄，倒像一個人——站在游泳池邊剛要往下跳的姿勢。」

這真有點兒像。大家笑了起來。我把東西往地下一扔：

「嗯，還興諷刺人呢！我不幹了，我退出！」

我狠狠地把地上的東西順腳一踢，就往外跑。

蘇鳴鳳追了出來：

「王葆，王葆！」

「別理我！」

「王葆，別這樣！你這是什麼態度？」

「噢，就是你的態度好！好極了，可了不得！等著《中國少年報》登你的照片吧！」

「王葆，你這麼著，可不會有人同意你……」

「我不稀罕你們的同意！」——我頭也不回地走，眼淚簡直要冒出來了。

蘇鳴鳳準會追上我，勸我回去。……可是別的同學都攔住了他，「讓他走，讓他走！」

這麼著我就更生氣。

「好，你們全都不講友誼！……拉倒！」

我回家發了一會兒悶。我想再回到學校去，瞧瞧他們做得怎麼樣了，可是……
那怪彆扭的。後來我對自己說：
「得了吧，什麼電磁起重機！——不過是個玩具。有什麼了不起的！」
這麼想來想去，就想到了寶葫蘆。我當然從寶葫蘆聯繫到電磁起重機。然後又聯繫到別的許多許多問題。這些問題我現在不講了，要不然三天三夜也講不完。並且，後來我究竟想了些什麼，連我自己也不知道了，因為我瞌睡上來了。
睡呀睡的，忽然聽見一聲叫：
「王葆，釣魚去！」
「誰呀？」
「快來，快來！」
我這才記起，仿佛的確有同學約我今天去釣魚。你瞧，連魚餌都準備停當了，在桌上擱著呢。我就趕緊拿起釣具，拎著一隻小鐵桶，追了出去。

三

我出城到了河邊。可是沒瞧見一個同學。

「他們都哪去了？幹麼不等我？這還算是朋友麼！」

後來我又對自己說：

「這麼著倒也好。要是和同學們一塊兒釣，要是他們都釣著了許多魚，我又是一條也沒釣上，那可沒意思呢。還不如我一個人在這兒的好——正可以練習練習。」

可是這一次成績還是不好。我一個人坐在河邊一棵柳樹下。我旁邊只有那只小鐵桶陪著我，桶裡有一隻螺螄——孤零零地躺在那裡，斜著個身子，把腦袋伸出殼來張望著，好像希望找上一個伴兒似的。

我不知道這麼坐了多久。總而言之，要叫我拎著個空桶回城去，那我可不願意。頂起碼頂起碼也得讓我釣上一條才好。我老是豁著釣竿。我越釣越來火。

「我就跟你耗上了！」

太陽快要落下去了。河面上閃著金光。時不時潑剌的一聲，就皺起一圈圈的水紋，越漾越大，越漾越大，把我的釣絲蕩得一上一下地晃動著。這一來魚兒一定全都給嚇跑了。

我嚷起來：

「是誰跟我搗亂！」

有一個聲音回答——好像是青蛙叫，又好像是說話：

「格咕嚕，格咕嚕。」

「什麼？」

又叫了幾聲「咕嚕，咕嚕」，——可是再聽聽，又似乎是說話，好像說：

「是我，是我。」

「誰呀，你是？」

回答我的仍舊是「格咕嚕，格咕嚕」。叫了一遍又一遍，漸漸的可就聽得出字音來了：

「寶葫蘆……寶葫蘆……」

越聽越真。越聽越真。

「什麼！」我把釣竿一扔，跳了起來。「寶葫蘆？……別是我聽錯了吧？」

那個聲音回答——還是像青蛙叫，又聽得出是一句話：

「沒錯，沒錯，你並沒聽錯。」

「怎麼，你就是故事裡面的那個寶葫蘆麼？」

「就是，就是。」——字音越來越清楚了。

我還是不大放心：

「喂，喂，勞駕！你的的確確就是那個寶葫蘆——就是那個那個——b，ao，bǎo，h，u，hú，l，u，lú——聽準了沒有？——就是那個寶葫蘆麼？」

「我的的確確是那個寶葫蘆。」回答得再明白也沒有。

我摸了摸腦袋。我跳一跳。我捏捏自己的鼻子。我在我自己腮巴上使勁擰了一把：嗯，疼呢！

「這麼看來，我不是做夢了。」

「不是夢，不是夢，」那個聲音又來了，好像是我自己的回聲似的。

我回面瞧瞧：

「你在哪兒呢，可是？」

「這兒呢，這兒呢。」

「啊？什麼『這兒』？是哪兒呀，到底？」

「在水裡。」

哈，我知道了——

「寶葫蘆，你還是住在龍宮裡麼？」

「唉，現在還興什麼龍宮！」——那聲音真的是從河心的水面上發出來的，字音也咬得很準確，不過總不太像是普通人的嗓音就是了。「從前倒興過，從前我爺爺就在龍宮裡待過……」

我忍不住要打斷它的話：

「怎麼，你還有爺爺？」

「誰沒有爺爺？沒有爺爺哪來的爸爸？沒有爸爸哪來的我？」

不錯，我想起來了，我想起來了！——

「那麼，我奶奶說的那個張三——嗯，是李四……那個李四得到的寶葫蘆，大概就是你爺爺了？」

它又「咕嚕」一聲，又像是咳嗽，又像是冷笑：

「什麼張三李四！我不認識。他們都是平常人吧？」

我告訴它：

「那是一個很好玩的故事。說是有一天，李四跑出去……」

「少陪。我對它可沒有興趣。」

這時候河裡隱隱地就有個東西漂流著，好像被風吹走似的，水面上漾起了一層層錐形的皺紋。

「怎麼你就走了，寶葫蘆？」

「我可沒工夫陪你開故事晚會，」那個聲音一面說，一面漸漸小下去了，還彷彿嘆了一口氣，「其實我是專心專意想來找你，要為你服務。可是你並不需要我。……」

四

哎呀你們瞧！原來它是專心專意來找我的！我又高興，又著急。我非叫住它不可！

「回來回來，寶葫蘆！」

我睜大了眼睛瞧著河裡。我等著。

「回來呀！」

河裡這才又潑剌一聲，好像魚跳似的。我怎麼樣盯著看，也看不清水裡的是什麼東西，因為河面上已經起了一層紫灰色的霧。

可是那個聲音——你聽，你聽！——它回來了：

「你還有什麼指教？」

「你剛才怎麼說？我不需要你？誰告訴你的？」

「你既然需要我，你幹麼還淨說廢話，不趕快把我釣起來呢？」

「就來釣就來釣！」我連忙撿起釣竿，仔細瞧著水面上。「你銜上了釣鉤沒有？銜上了沒有？」

「咕嚕。」

水面上的釣絲抽動了一下，浮子慢慢地往下沉。我趕緊把釣竿一舉，就釣上了一個東西——像有彈性似的蹦到了岸上，還「格咕嚕！」一聲。

真的是一個葫蘆！——濕答答的。滿身綠裡透黃，像香蕉蘋果那樣的顏色。並不很大，兜兒裡也裝得下。要是放在書包裡，那外面簡直看不出來。

我把它拿到手裡。很輕。稍微一晃動，裡面就有核兒什麼的「咕嚕咕嚕」地響——仔細一聽，原來是說話：

「謝謝，謝謝！」

我在心裡自問自：

「怎麼，這就是那號鼎鼎大名的寶葫蘆麼？這就是使人幸福的那號寶葫蘆麼？那號神奇的寶葫蘆就這麼一副樣兒麼？」

這個葫蘆又像青蛙叫，又像是核兒搖晃著響似的，它答話了（原來我心裡想的什麼，它竟完全知道！）：

「這你可不用懷疑。你別瞧表面——我跟別的葫蘆一個樣子，可是裡面裝的

玩意兒，各個葫蘆就都不一樣。我的確是一個可以使你幸福的葫蘆，保你沒錯兒。我這回好容易才找上了你。你該做我的主人。我願意聽你的使喚，如你的意。」

聽聽它的話！可說得多親切！不過我還得問個明白：

「你為什麼誰也不去找，偏偏要找上我呢？你為什麼單要讓我做你的主人呢？」

「因為你和別人不同，你是一個很好的少年……」

我連忙問：

「什麼？我怎麼好法？我哪方面好？你倒說說。」

它說，我在各方面都好。我聽得真：它的確是這麼說來的。可是我總希望它說得更具體些。可是它——

「那怎麼說得出！」

「那怎麼說不出？」

「你太好，太好，好得說不出。」它這樣咕嚕了一聲，好像是讚美什麼似的。又很誠懇地說：「請你相信我：我是挺了解你的。」

「不錯。」

「你呢，你也挺愛我。」

「對，對。」

「我知道，你正想要有我這麼一號角色來替你服務。我這就來了。」

「那麼——那麼——」我又驚異，又興奮，簡直有點兒透不過氣來，「那我就能——就能——要什麼有什麼了？」

「當然，我盡我的力量保證。」

哈呀，你們瞧！

我該怎麼辦呢？我捧著這個自稱寶葫蘆的葫蘆，兩隻手直哆嗦。……這當然是個寶貝，沒有疑問。嗯，我要試試看。可是我一時想不出一個題目。

「我該向它要什麼呢？」我左看看，右看看，就把視線落到了那個小鐵桶上。

「我要——我要——魚！」

於是我定睛瞧著桶裡面，一動也不動，瞧得連眼珠兒都發了酸。

桶裡可仍舊是那半桶水，紋風不動。桶底裡還躺著那一隻螺獅，毫無變化。

一分鐘過去了，還是老樣子。

三分鐘過去了。四分五分鐘過去了。什麼動靜也沒有。

「要魚！」我又叫。「給我魚！聽見了沒有？魚！」

忽然我聽見簌簌的響聲。……我吃了一驚。抬頭一望，原是微風把柳枝兒吹得搖擺了一陣。再瞧瞧桶裡，仍舊是那靜靜的半桶水。

我想，別是光線不好，沒有看明白吧？我蹲下來仔細觀察觀察：桶裡還是只有那一隻老螺螄，懶洋洋地掀出了半個腦袋。

「哼，欺騙我！什麼寶葫蘆！」

我把那個葫蘆一扔，還狠狠地踢了它一腳。它咕嚕嚕直滾了一丈多遠。

我拿起釣竿，拎起桶來，氣鼓鼓地走回家去。

五

那個葫蘆一面滾著，一面咕嚕咕嚕地叨嘮著。它好像在那裡埋怨，又好像在那裡嘆氣。

我可不理。我走我的。

可是那個葫蘆叫了起來：

「王葆！王葆！」

你聽聽！它知道我的名字呢！

我這個人就是這樣的：最樂意有人知道我的名字。所以我曾經立過這麼一個志願，將來要當一個作家——不過還沒有十分確定。

那麼，你想，我能不理會這個寶葫蘆麼？我心說：

「它既然能知道我是誰，既然能了解我，那麼，它總不會是騙人的假貨色了。」

所以我打了回頭。心裡實在忍不住高興，不過不給露出來。

「怎麼樣了？」

那個寶葫蘆又像嘆氣，又像咳嗽似的咕嚕了一聲：

「唉，瞧你多性急！」

「哼，還說我性急呢。只怪你自己——你不靈！」

那個葫蘆著急地搖晃著，嘰裡咕嚕分辯著：

「不价，不价！你聽我說。假如你真的肯做我的主人，讓我做你的奴僕，那我一定聽你的使喚：你要什麼有什麼。可是現在——你和我的關係還沒有確定呢。」

「要怎麼樣才算確定？」

「有一個條件。」

「你說。」

寶葫蘆就說：

「你得到了我，你得絕對保守祕密。」

「噢，這個呀？」我放心了。「我還當是什麼了不起的事呢。你不早說！要保密，不是麼？這正是我高興做的事。我老實跟你說吧，我們小隊每逢排演一個什麼節目，我們總是誰也不讓知道。就連我奶奶那麼刨根兒問底，也打我這兒問不出什麼來。我們一做軍事遊戲，那——嗯，可更得保密。你要知道，那是我們的紀律。不論你是我怎麼好的好朋友——只要你不是和我一隊的，我就決不對你漏出一個字。那一次我當偵察兵，可好玩兒呢，我接受了班長的命令，我悄悄地……」

可是寶葫蘆打斷了我的話：

「不行。關於我的事，就連你那個什麼隊的人，也不能讓他們知道。」

「那也行，」我想了想，就也同意了。「那麼，我光只讓好朋友知道就是了。」

「不行。你們的什麼好朋友也不能知道。」

「什麼，就那麼機密了？」

寶葫蘆答應了一聲：

「唔。世界上只有你一個人是我的主人，世界上只有你一個人可以知道我的祕密，」

接著它還告訴我：假如我洩露了一點點，假如世界上有第二個人知道我有一個寶葫蘆，這個寶葫蘆就完蛋了，而且也變不出什麼東西來了。

哦，原來是這麼回事！

同志們！請你們替我考慮一下吧。我該不該答應它的條件呢？假如你們處在我王葆這時候這樣的境地，你們怎麼辦呢？

我呢，我可沒有工夫好好考慮這個問題，因為寶葫蘆一個勁兒直催我：

「請你告訴我：這一點你辦得到辦不到？要是辦得到，我就是你的。辦不到——我就走。」

它搖了兩搖，似乎想要滾下河去。

「呃，別忙！」我喊住了它。「誰說我辦不到？」

我辦得到。我可以保守這個寶葫蘆的祕密。我也不告訴好朋友，也不告訴班主任和輔導員，也不告訴家長。別的事我可以向同志們講，只有一件事——就只有這麼一件事——是我王葆和寶葫蘆共同的祕密。

「對了，對了！」那個寶葫蘆接上碴兒來。「這個想法才對路。」

哈，它完全知道我的思想！這真是我的好寶貝！

這麼著，我們就談判好了。這個寶葫蘆就是我的了。

這麼著，從此以後王葆就跟以前的王葆不一樣了，無論什麼事就都能辦到了。

「那我——什麼工作都不成問題。我能為大家服務，我能。」

你想，那還了得起！我要一具電磁起重機——馬上就會出現。我要一個飛機模型——那容易！哪，這兒！我要一篇文章去投稿，難道會沒有麼？有，有，現成！

誰要是樂意跟我比賽——請他出題目就是。栽樹也好，釣魚也好……

可是我忽然聽見潑剌一聲。是我那個小鐵桶裡發出來的。我趕緊跑去一看——一桶魚！

「啊哈，真的來了！」

桶裡的半桶水也漲到了大半桶，各色各樣的魚在那裡游著。有的我認得，有的我認不得。有幾條小鯽魚活潑極了，穿梭似地往這裡一鑽，往那裡一鑽。鯉魚可一本正經，好像在那裡散步，對誰也不大理會。

最叫我高興的是，還有一批很名貴的金魚。有兩條身上鋪滿了一點點白的，好像鑲

上了珍珠。還有兩條——眼睛上長兩個大紅繡球，一面遊一面漂動，我再仔細一瞧，才發現還有幾條金魚黑裡透著金光，尾巴特別大，一舉一動都像舞蹈似的，很有節奏。

那個葫蘆——那真是個道地的寶葫蘆！——也舞蹈似地晃動了兩下：

「這麼著行不行，王葆？」

「那還不行？好極了！」

我的話還沒有說完，忽然「格咕嚕」一聲，寶葫蘆跳到了我手上，還像不倒翁那麼搖了幾搖，似乎是對我點頭：

「我從此以後就屬於你了。我立誓要為你謀利益，處處替你打算。請你相信我，我什麼事都能合你的意。我是你的忠僕，你可以靠我得到你的幸福。你是我的主人，我可以靠你發揮我的作用。咱倆是分不開的，不是麼？」

聽聽它說的！

唉，我真感動，眼淚都要冒出來了。我親親熱熱地抓住這個寶葫蘆，想要把它裝到兜兒裡去，可是忽然咕嚕一滑，不見了。

我大吃一驚：

「又哪兒去了？」

正在這當兒，我兜兒裡發出了青蛙叫聲：

「格咕嚕，格咕嚕。在這兒，在這兒。」

「怎麼回事呀，我的寶貝？」我這才透過一口氣來。

「我呀，不用你吩咐，就自動裝進來了。」

哈，這可好了，這可好了！我在地下打了一個滾。我多快活呀！又打了一個滾。我真恨不得跑去告訴奶奶，告訴媽媽和爸爸，說我得到了幸福，什麼事都有了辦法。我也真恨不得跑去告訴我的同學們，告訴我們輔導員和班主任，說我將來要幹什麼就可以幹什麼，準有成就，不是當英雄就是當模範。這可一點也不是誇大，也不是吹牛：我有百分之百的把握。……

可是我不能對任何人洩露一個字。我得保

密。可是我又有滿肚子的高興，關也關不住地要迸出來。

我沒有辦法。我只好嘴裡大聲唱著——說也不好意思，我簡直成了一個小娃娃了，不過好在沒人瞧見——又打了兩個滾。

可還是感覺到不夠勁。我於是把腰彎著，把頭頂著地，叭噠翻了一個筋斗。

六

天漸漸黑了下來。上弦月早露臉了，獨自個兒待在天上，一個伴兒也沒有。仔細瞧瞧，遠遠的稀稀朗朗有一兩顆星星。你一數，可又添出了幾顆。

可是在地下，就仿佛只有我一個人在這個世界上，也沒有同志，也沒有朋友——只是兜兒裡有那麼一個寶葫蘆。

我得趕快回去。我還想去找找我的朋友，去找找幾位同學。不知道為什麼，這時候我實在希望能見到熟人——哪怕跟我吵過嘴的同學也行——我得跟他說說話兒，跟他打打鬧鬧，好讓他知道我心裡多麼快活。

我一骨碌爬起來，拎起桶來要走。可是我的手軟軟的。我一瞧桶裡的魚——真奇怪，就忽然想起食品店裡的熏魚來了。一會兒又想到了鹵蛋，還附帶想起了蔥油餅和核桃糖。這些個東西我向來就挺喜歡。……

思路剛剛一展開，地上就忽然冒出了一個紙包——油汪汪的。打開一看：熏魚！……一轉眼又發現兩三個紙包，就恰恰都是我挺喜歡的那幾樣東西。

我愣了一愣。老實說，我對這樣的幸福生活還不十分習慣呢。

寶葫蘆可在我兜兒裡響了起來：

「甭客氣，甭客氣。」

我放下了桶，用發抖的手把鹵蛋送到嘴邊。我這才發現：原來我早就餓了。就因為這個緣故，我吃東西的樣子也就不很文雅，不大注意禮貌了。

並且，我這個人的思想是挺活潑的，很容易聯繫來，聯繫去。所以我手心上陡地又湧出了一堆花生仁。一霎眼工夫，忽然又有兩個蘋果滾到我的腳邊。我剛要撿起蘋果來，地裡猛地又豎起兩串冰糖葫蘆，像兩根霸王鞭插在那裡似的，迎風晃了兩晃。

我趕緊叫住自己：

「得了得了！快別聯繫了！再聯繫——可就得造成浪費了！」

寶葫蘆接嘴：

「不在乎，不在乎。有的是，有的是。」

七

我吃了一個飽。我瞧瞧桶裡的魚——正在那裡活蹦亂跳，越看越愛。我忍不住又要想起寶葫蘆的問題。

「這寶葫蘆的確有本領。要魚就有魚，要吃的就有吃的。可是這只不過是些小玩意兒。難道我老是只要這麼些玩的吃的麼？」

停了一會，我又想：

「我得要一點兒大東西，要一點兒貴重的有意義的東西。行不行？」

我又停了一會，靜靜地聽了聽。可是什麼聲音也沒有。只有我自己打了一個嗝兒。我忍不住叫：

「寶葫蘆！」

「咕嚕。」

「我還當你睡著了呢，」我有點不滿意地說。「喂，寶葫蘆，你猜我這會兒心裡想些什麼？」

「我知道。」

「那你有什麼意見？」

「你要什麼，你吩咐就是。不用問我能行不能行。」

「那——那——」我跳了起來，興奮得胸腔裡都癢癢的。「那我就吩附，我要……」

這時候四面都靜極了，好像在那裡等我發布命令似的。我想了一想——

「我要一座房子！……呃，慢著！」我馬上又改口，「讓我再考慮一下。」

房子放在哪裡呢？難道可以放在這兒河邊上麼？

放在……我又想了一想，忽然就想起我們學校後面有一塊空地——聽說暑假裡要蓋新校舍呢。

「不錯，要在我們學校後面變出一座樓房！三層樓。有亮堂堂的教室。窗子外面是球場：你就是坐在裡面上課，也可以一晃眼就瞧見別人在那裡賽球。」

我一考慮好了，撒腿就跑。我要到學校裡去瞧瞧這幢新校舍，看蓋得合適不合適。

天已經黑了，已經完全是晚上了。可是不礙事：有月亮。我總可以看出一個大概來。我這就飛跑過一條條的街道，直奔學校的大門。剛剛跨進大門，忽然有一個人和我撞了個滿懷，我差點兒沒仰天一跤。

「誰？」我嚷。

「誰？」他也嚷。

「哦，楊叔叔！」——我好容易站穩了，才認出他是傳達室裡的楊叔叔。

「哦，王葆，你忙什麼？又是落下什麼東西了吧？」

「落下東西？我就那麼粗心大意呀？……呃，楊叔叔，」我一把拽住楊叔叔的胳膊，「咱們快去瞧瞧，趕快！」

「我還有事呢。我沒工夫跟你鬧著玩兒。」

「不是鬧著玩兒。這可是個奇跡。」

「什麼？」楊叔叔被我拉得踉踉蹌蹌地走。

「楊叔叔我問您：您聽見後面有什麼響聲沒有？」

楊叔叔睜大了眼睛瞧著我，他摸不著頭腦。

我問：

「您有沒有覺著震動一下？——比方說，好像地震似的那麼一下。或者說，好像是打地裡鑽出一座山來似的。」

「你怎麼了？你是編童話還是說真事兒？」

「您什麼也沒覺出來麼，剛才？」

「別跟我耍滑頭，王葆。我沒工夫……」

我拚命拽著楊叔叔往後面走，一面告訴他：

「楊叔叔，這可是一件大事，也是一件喜事。我捐獻給學校一件好東西……」

「是什麼模型吧？」

「什麼模型！那怎麼能比！」我嚷起來。「模型不過是個模型，總不是真的建築物。可是我這會兒這個禮物——可好呢。您要是……」

忽然我說不下去了。舌頭好像打了個疙瘩似的。

我詫異的了不得。我站在通球場的門口，停了步子。手也從楊叔叔胳膊上鬆了下來，拿來摸了摸我自己的腦頂：

「怎麼！這是怎麼回事？」

這就是我們學校後面那片空地——仍舊空蕩蕩的。四面有隱隱約約的亮光，仿佛是一抹橙黃色的霧。半個月亮斜掛在一棵槐樹尖兒上，好像一瓣桔子。這空地上就染上一層淡淡的雪青色，看來以為是降了霜。

我簡直鬧糊塗了。我使勁抓一下楊叔叔的手：

「我是不是做夢？……楊叔叔，楊叔叔！」

「什麼毛病，你？」

「您瞧見沒有？您瞧這兒——有沒有什麼變化？」

「喲，你別嚇唬我，王葆！什麼變化？什麼東西？你說什麼？」

我可不服氣——

「這怎麼可能呢？怎麼會沒有呢？」

我往球場那裡跑，往後面空地裡跑。說不定那幢新校舍躲在什麼角落兒裡呢。我繞過那幾棵大槐樹，穿過那個小花園，到處找——那座三層樓建築可連個影子也沒有！

楊叔叔還在門口等著我：

「你落下了什麼了？」

「您不知道，您不知道！」

我一轉身就直往外跑。

楊叔叔一面追一面問：

「到底是什麼不見了？告訴我，我給你找。」

八

楊叔叔給我找？那可怎麼找得著！

「甭了，甭了！」我一面跑一面回答。

我一口氣跑出學校的大門。我心裡又生氣，又失望，又害臊。哼，別人還以為我愛吹牛呢。我恨不得把這個什麼寶葫蘆馬上扔掉。

「格咕嚕，咕嚕，」它在兜兒裡響了起來。

「哼，這傢伙！剛才你一聲也不吭。現在事情過去了，你倒又開起口來了。」

我上了大路。很快地走著，生著氣。我自己也不知道該往哪裡走。我不想回家。該拐彎也不拐，直往北。也不想上哪個同學家裡去。

寶葫蘆又不安地「咕嚕」了一陣。接著就像漏了氣似的，絲的一聲。

我還是不停步：

「你嘆氣呀？嘆氣也白搭。反正你失了信。」

「不是失信，不是失信。」

我小聲兒說（生怕路上有人聽見）：

「不是失信，那就是你沒有本領。叫你變出房子來，你可就辦不到了，是不是？你說！你到底能行不能行？你說！」

「我能行。只是得多使點兒勁，多費點兒氣力就是了。」

「那你……」

「可是這會兒問題並不這麼簡單。」

「怎麼？」

「要你蓋房子，你首先就得有一塊土地，」寶葫蘆慢條斯理地講它的道理。「土地，我可沒法兒給你變出來，這片地是公家的，那片地是合作社的，又有幾塊地還是私人的——總不能在這些地上給你冒出一塊土地來。」

「怎麼沒有土地！我們學校後面那一片是什麼？」

「唉，那是學校的地呀。你幹麼偏偏要選在那合兒住家？學校依你麼？」

瞧這寶葫蘆！真可笑！

「你這糊塗蛋！原來你一點也沒體會到我的意思！嗯，我幹麼要在學校後面住家？誰那麼打算來著？告訴你吧：我是要給我們學校添新校舍，明白了沒有？

校舍——可不是住家用的，明白了沒有？」

「不明白，不明白，」它咕嚕著。「這對你有什麼好處？」

我用鼻孔笑了一聲：

「哼，什麼好處？好處可大得很呢。我們學校不用花一個錢，就能有這樣的一座大樓，那還不好？」

「我是問，這對於你自己有什麼好處。我不是問你們學校。」

「什麼問不問我們學校！學校是我們的學校，該讓它更好……」

寶葫蘆不等我說完，就沒命地唉聲嘆氣起來。

「唉，完了，完了！」它發出陰沉沉的聲音。「你分明是要害我，要把我斷送掉。你一點兒也不愛惜我！」

我急得跳起來：

「什麼！我要害你？我叫你幹的事兒你幹不了，你不承認錯誤，倒來誣賴我？怎麼著，給學校添了新校舍就是害了你？」

寶葫蘆在我袋裡搖晃了一下，「咕」的一聲，好像咳清一下嗓子似的。大概它準備要做長篇大論了。它說：

「你不想想，要是你們學校裡忽然來了這麼一座大樓，大家一發現，會要怎麼著？大夥不都得來問你？你怎麼回答？那不是就泄了密？一泄了密，那我不是完了蛋？」

「嗯，我會洩密麼？別人能知道這是我幹的麼？」

可是寶葫蘆不大相信我：

「怎麼，你幹了這麼大的好事兒，有了這麼大的貢獻，你還能半聲兒也不吭，一個勁兒傻保密？瞧瞧剛才！——事情還沒有影子呢，你可早就跟你楊叔叔宣傳開了。你才巴不得讓大家都知道你的功勞，把你的大名登在報上呢。」

我一時答不出話來。

寶葫蘆又往下說：

「我並不怪你想要登報出名。可是你要是在這麼一件事兒上弄出了名，那就不妙。這號事情可太令人奇怪，太不合理了，只有童話裡才興有。別人準得往童話裡去找線索，打聽個水落石出，那你我怎麼辦？」

我不言語，它又繼續發揮：

「並且，這號事情就是寫出來上了報，表揚了你，又有什麼教育意義呢？難道這能起什麼示範作用麼？難道叫青年們和少年們都來向你學習麼？叫他們向你學習什麼呢？難道……」

「得了得了！」我不耐煩起來，臉上直發燙。「有那麼多說的！」

九

我嘴裡雖然噌它，我心裡可覺著它的話對。我剛才的確沒有考慮到這一層。我可以靠這寶葫蘆來做一些事，不錯。可是事先總得想一想結果——看會不會洩露寶葫蘆的祕密。

於是我跟自己商量著：

「真是。往後我得搞點兒合情合理的事情，別淨像童話似的那麼離奇古怪了。我可以給學校添辦一些個別的東西。我看，我們學校需要的東西可多呢，比如說……」

寶葫蘆忽然又傷心傷意地嘆一口氣：

「唉，王葆，我勸你別一個勁兒耍闊了！你老是一會兒要捐獻這樣，一會兒要贈送那樣，何苦呢？」

「何苦？那有什麼苦處？」

寶葫蘆又嘆了一口氣，說：

「我勸你還是好好兒利用我吧。趁我現在精力旺盛的時候，讓我多給你自己掙點兒好處吧。假如你老是叫我去辦那些個贈品，花費了我許多氣力，那你可就太划不來了：那，等你自己需要什麼東西的時候，我也許已經衰老了，不能替你辦事了——你自己可什麼幸福也沒撈著，白白糟蹋了一個寶貝。」

這可真出我意外！

我搔了搔後腦勺：

「怎麼！還有這麼個情況？原來你當寶貝是有限期的，當了一陣子就不當了？」

寶葫蘆第三次嘆了一口氣，說：

「可不？你以為一件寶貝就能永遠當寶貝使麼？天下可從來沒有這樣的事。不論是一件什麼活寶——使啊使的，它就得衰老，這時，沒用，把活寶變成了個死寶。」

噢，這麼著！當寶貝的原來還有這麼一條規矩！

「那麼——那麼——呃，寶葫蘆！我能使喚你多久呢？你能替我辦幾回事呢？」

我全神貫注地等它回答。它說：

「那說不一定。走著瞧吧。往後你使喚我的時候，你可就得好好兒合計合計，別淨讓我去幹那些個不相干的事兒了。這麼著，我就可以全心全意給你謀幸福：等到你真正能過上幸福的生活了，我才退休。」

我聽了這些話，楞了老半天。

「是啊，我真得好好愛惜它……」

忽然之間，我覺得這個寶貝怪可憐的了。唉，我剛才竟還那麼忍心罵它，對它發那麼大的脾氣！

忽然之間，我覺得這個寶貝更可珍貴了。我輕輕摸了摸兜兒，不知道我的寶貝待在那裡面好受不好受——老實說，那裡面的清潔衛生條件可不太好，真不知會不會影響它的健康呢。我想把它捧到手上，可又怕給人瞧見。我又摸了摸兜兒，生怕它有什麼不舒服。

「咱們家去吧，」我小小心心站了起來。

我這回走得很穩，步子很輕，生怕寶葫蘆給簸得不好受。一面心裡打算著：

「真是。可再不能亂出題目考它了。」

我彷彿對誰講話似地拿手一晃。……忽然我感覺到我手上少了什麼東西。我這才想起我的釣竿和那一桶魚——你瞧我！剛才那麼一跑，這些個東西全都給跑忘了。

剛這麼一轉念，我的腳就「空通！」一聲，踢著一個鐵桶，濺了我一腳水。一瞧，不是我那桶魚是什麼！那根釣竿也陡的鑽到了我手裡。

「喲呵！」我停了步子，心裡實在有點過意不去。「這是你幹的吧，寶葫蘆？」

「是，是。」

「哎喲，那麼挺老遠的把桶拎回來！挺累的吧？」

「不累，不累。」

「唉，我看你還是歇歇吧。一桶魚算得了什麼！倒是別浪費了你的氣力。」

「你既然想到了，我就該給你辦到。」

「你真好，你真好，」我隔兜兒拍拍它。「我沒料到你責任心這麼強，工作這麼積極。」

忽然，我不打算家去了。我倒實在想讓別人看看我桶裡的這些條魚。我這就向後轉。

才走了四五步，突然什麼地方「吧噠吧噠」的腳步響了兩聲，就有一雙手從我身後猛地伸了過來，一把蒙住了我的眼睛。

「誰？」我掰那雙手，掰不開。「誰？」摸了兩遍，可摸不透那是誰的手。只是聞到了一股熟悉的味兒：膠皮味兒帶著泥土味兒。

「誰呀？別搗亂，人家沒工夫！」那雙手可老是不放。

十

那個蒙我眼睛的人可真有耐心。那雙手就好像長在我臉上的一樣。要不是我扔掉手裡的釣竿去隔肢他，真不知道他哪一輩子才放手呢。他一笑——活像喜鵲叫喚，這可就逃不掉了。

「鄭小登！」我叫起來。

鄭小登不但是我的好朋友，而且是我們班上的大釣魚家。釣魚誰也賽不過他。他只要把釣竿一舉，就準有一條，保你不落空。要是魚兒耍狡猾，不來上他的釣，那他就有本領跟它耗上，一輩子泡在那兒他也不著急。

我們有好些個同學都跟他學釣魚，我也是一個。可是我的成績總不大那個，反正——挺什麼的，仿佛整個魚類都對我挺有意見似的。其實釣魚的道理我全懂得，叫我做個報告我都會做。我只是一拿上釣竿，就不由自主地有點兒性急了。

這會兒我瞧見了鄭小登，我可高興極了：

「我正要找你，鄭小登！今天是你上我家喊我來的吧？」

「沒有哇，」鄭小登拉著我的手。「怎麼，你不是去參加科學小組的活動了麼？」

「唔，唔……後來我——呃，後來——」

「喲，你釣魚去了？」他忽然發現了我拎著的桶。「還有誰？」

「什麼還有誰！一個人也沒瞧見！」

「那麼這都是你釣上的？」

我當然不能否認，只好點點頭。可是臉上一陣熱。

「呵，這麼多魚！」鄭小登高興得直嚷。「真行，王葆！你真行！你怎麼忽然一下子——哎？一下子就變成了這麼個老手了？怎麼回事？你一個人悄悄兒練習來的吧，你這傢伙？」

「嗯，別价，別价，」我臉上越來越燙。「算不了什麼。……」

同志們！我不得不承認：我這一回的確吹了牛，破天荒。

難道我以前從來沒有過這樣的行為麼？那也不然。要是仔仔細細考究起來，以前可能有過，尤其是在我小時候。可是那時候只是因為我還不懂事，不知不覺就吹了出來的。都不像這一回——這一回簡直是成心那個。因此我覺得怪彆扭的。

鄭小登可把我那個桶拎到路燈下面去了。他一瞧，就又大驚小怪地叫起來：

「喲，還有金魚！……這全是你釣上的？」

我只好又點點頭。他又問：

「哪兒釣的？咱們那個老地方麼？」

我除開點頭以外，想不出別的辦法。

「真新鮮！」他叨咕了一聲，看看我。「河裡也釣得上金魚？」

「什麼？」

「怎麼，你沒瞧見你釣上的是些什麼魚麼？」

「我哪瞧見呢！」我差點兒沒哭出來。「我反正釣一條，往桶裡放一條，我也不知道哪號魚興釣，哪號魚不興釣。天又黑了……」

他高興得直嚷：

「哈，大發現！」

「什麼？」

「這是一個大發現！王葆，這可有科學研究價值呢。」

我瞧著他。不知道他是什麼意思。

他呢，勸我去報告李老師——我們的生物學教師。然後，也許還可以把這些魚送到魚類研究所去，請他們研究研究。然後，就可以讓大家都知道這個新發現：哪，咱們城外那條小河裡竟有那麼美麗的魚——也許並不是什麼金魚，而是一種新的魚種，還沒有名稱的。

「那，就可以叫做『王葆魚』。」

「得了，別胡扯了！」我身上一陣熱，一陣冷。

「呃，真的！」

「可是我……我老實說……」我想說「這是逗你玩兒的」，可是又覺著不合適。

假如現在我碰上的是別的同學，那還好對付些。至於鄭小登——唉，鄭小登對我可太了解了：他知道我是一個很謙虛的人，向來不怎麼愛吹牛。他相信我所說的全都是事實，他相信這件事硬是有科學研究的價值。……這可就不好辦了。

這時幸虧有幾個過路的人從我們身邊走過，中間還有一個熟人和我招呼：

「嘿，王葆！……你們玩兒去了？」

「唔。」

「真不錯，」他瞧瞧魚桶，又瞧瞧我們，抿了嘴笑了一笑。「你奶奶好？」

「唔。」

他好像還要問我什麼話似的，可又沒說出來。只愛笑不笑地盯了我一會，道了聲「回見」，翹一翹下巴，就走了。還似乎對我擠了擠眼睛——不過我沒看真。

鄭小登問：

「這是誰？我好像在哪兒見過。」

「怎麼，你不認識麼？」我趕緊接上碴兒，巴不得換個題目談談。「他就是楊拴兒——他的學名我不知道。」

接著我就告訴鄭小登：那個楊拴兒姓楊，是咱們學校傳達室楊叔叔的侄兒，而且那個楊拴兒家以前是我們街坊，所以他認識我們家。

「那會兒他不學好，耍流氓。奶奶還說他手腳不乾淨呢——鄭小登你可知道這是什麼意思？」

鄭小登還沒回答上來，我就趕緊告訴他：

「『手腳不乾淨』就是偷東西。我以前也不知道，後來——後來——」我一面說，一面不經意地提起了魚桶，慢慢走起來。「呃，聽我說，聽我說！」

總而言之，我盡力把楊拴兒所有的故事都搬出來了：他爸爸怎麼打他，他叔叔怎麼說他，一直到他被他學校開除，給送到工學團去學習，——這麼一五一十，沒一點兒遺漏。

鄭小登說：

「這咱們再研究研究——」

「好！」

「現在就上我家去——」

「好！」

「——這會兒我姐姐正在家，她準知道這些個魚……」

「怎麼怎麼！」我猛地站住了。

可是鄭小登已經接過了那個桶去，一隻手挽著我的胳膊滿不在乎地往前走。

十一

我硬著頭皮跟著鄭小登上他家去。他姐姐果然在家。不瞞你們說，我這時候可真有點兒害怕這位「老大姐」——這是我們給她取的外號，她聽著也不生氣，也許還高興呢。她雖然是初三的學生，只不過比我們高兩個年級，可是她顯著比我們大得多。尤其是打上學期起——她入了團，我們覺著她更大了，幾乎跟我們輔導員是同一輩的人了。

她安安靜靜聽著鄭小登向她彙報，簡直像個老師似的。鄭小登呢，有頭有腦地敘述著——他每逢做「敘事體」的作文總是得五分兒——說是王葆現在已經練好釣魚了，今天就有了很好的成績。最了不起的是，王葆今天還發現了一種「王葆魚」……

「什麼魚？」老大姐疑心自己聽錯了。

「唔，這是我們給取的名字……」

「是你取的，我可沒同意！」我插嘴。「其實就是金魚，就是普通那種金魚。」

「不見得。」

「嗯，是的！」

「恐怕不是……」

「是！是！」

「好吧，」鄭小登只好讓步。「就算是金魚吧，這可也不是小事。」

因此，鄭小登還說，因此他打算下星期日跟我去釣釣看，問老大姐樂意不樂意也去——不過這件事得保密。

老大姐聽了好一會，還是不大明白：

「你這是說真的，還是什麼童話劇裡的一幕？」

「怎麼不是真的？」

「你究竟是裝蒜，還是真傻？」

「什麼！」鄭小登睜大了眼睛。「你說什麼？」

「你知道金魚是一種什麼魚？」

「你說是什麼魚？」

老大姐就告訴她弟弟，金魚是鯽魚的變種。河裡只會有鯽魚，不會有這號金魚——這號金魚只能給養在金魚池裡，好看好看的。

她說到這裡，還瞧了我一眼。

我覺得我總該說幾句什麼了，可又不知道要怎麼開口。我實在打不定主意：還是贊成她的話好呢，還是反對的好。

鄭小登的立場可非常明確，我很佩服他。他說：

「難道你就楞不許河裡的鯽魚去變麼？——變呀變的，有一天就變成了金魚……」

「這不可能，因為……」

「怎麼不可能！」

「這不合理，因為……」

「怎麼不合理！」

聽聽！這可真糟糕，姐兒倆淨抬杠！我簡直插不進嘴去。我要是一插嘴，就得表示意見，可我不知道我究竟該幫誰。

照我評判起來，錯的是鄭小登那一邊。鄭小登怎麼就能一口斷定真有那麼回事呢？這不是主觀是什麼！

可是——雖然我明明知道老大姐是對的——我又不能表示同意她。我一表示同意她，就是反對我自己了。

所以我只好哪一邊也不幫，只是晃晃膀子：

「得了得了，別打架了……」

他們倆都忙著辯論，沒聽我的。鄭小登還老是提到我的名字：

「……不是王葆釣上的麼？難道王葆說的是假的？……噢，王葆實在閒得無聊了，跑來吹牛玩兒來了，是不是？……」

我把嗓門提高了些：

「嗨，有什麼可吵的呢？別吵嘴，別吵嘴，看我面上……」

忽然——鄭小登轉過臉來瞧著我，好像我是個陌生人似的：

「你說什麼？」

我還沒來得及回答，他就又怪聲怪氣地嚷起來：

「呵，你倒真不錯！……我和老大姐是怎麼吵起來的？為了什麼？為了誰，我問你？」鄭小登還是盯著我，等我開口等了好一會，可是沒等著。「你倒自在，像沒你的事兒似的，不站出來說一句話，可抄手兒當起和事佬來了！」

這可糟心！連鄭小登都對我不滿意了。其實我這個人從來就懶得做和事老。無論誰跟誰抬杠，我總得站在一邊，反對一邊。我嗓門又大，別人都講我不過。所以凡是有什麼爭論，他們總歡迎我跑去幫他，好把對方壓倒。這麼著我的辯論熱情就越來越高了。

今天可是不行。今天我的地位太古怪了。嗓子也直發乾。我對鏡子瞟了一眼，瞧見我腦頂上熱氣直冒。

「……王葆……讓王葆自己……」我覺得耳朵邊飄過這麼一句半句的。我定神一聽，才知道是老大姐問到了我頭上來了。

我一下子站了起來，仿佛要答先生的考題似的。一會兒又坐下，因為我馬上發現這根本用不著站起來。我瞧了瞧那一桶害人的魚。

「我——我當時只顧釣……」我把我告訴鄭小登的又講了一遍。我說我也許釣上了鯽魚什麼的，可是我一點也不知道這些條魚兒誰變誰。……後來一看……

「哎，這很明白，這很明白！」鄭小登一聽就解答了這一道難題。「準是這麼著：王葆釣上了鯽魚，放在桶裡——一變，就成了變種。」

老大姐還是不同意。她說動物的變種不比變戲法——放到桶裡「一二三！」

——說變就變的。

「這得有個相當的過程，」她像講書似地告訴我們。「我記得《科學畫報》上有這麼一篇文章……」

她一提起《科學畫報》，我馬上跳了起來，高興極了：

「哈，《科學畫報》！對對對！那上面什麼都有，可有益處呢！老大姐你要看麼？可以借給你。」

「你有？」

「有有有！」我來不及地回答。「我們班上有。……嗯，不价！是這麼回事：本來我有，後來我就捐給我們班上的圖書館了。這是一本去看全年的合訂本，後來我就捐給我們班上的圖書館了。這是一本去年全年的合訂本，上面還有我的圖章呢。」

於是我就和老大姐約好，我明天去給她借這部書來。

「明天——不錯，明天我得參加象棋比賽，……」我盤算了一下。「嗯，沒問題！明兒等象棋比賽完了，我就把畫報讓鄭小登帶給你。」

十二

這天我回到家裡，已經很遲了。奶奶一瞧見我就問：

「哪去了，這早晚才家來？餓壞了吧，啊？」

「嗯，才飽呢，」我一面回答著，一面往我自己房間裡走。

我很不定神，覺得有一大串極其複雜的問題叫我去想。我連奶奶說了些什麼也沒聽清楚——她老是那麼叨叨嘮嘮的。她似乎在那裡催我吃飯。接著又說爸爸今天下班以後還得開會（爸爸是星期四休假）。她一面盤著腿坐在床上補著襪子，一面隔著牆跟我說著話。後來她還提到了一些別的什麼事，誰也聽不明白。

「喂，喂，」我壓著嗓子喊我的寶葫蘆，「到底是怎麼回事？」

奶奶可又叫：

「小葆，菜給你悶在屜裡哩，看還熱不熱……」

「我吃過了，奶奶。……喂，喂，寶葫蘆……」

「哪兒吃的？」奶奶又刨根問底的了。

「在同學家。……喂，那些金魚是怎麼回事，啊？哪來的？」

寶葫蘆在我兜裡響了一陣，才聽得出它的話聲：

「你甭問，你甭問。」

「不能問麼？」

「你要什麼，我就辦什麼。你舒舒服服享受著就是。你不用傷腦筋去研究這個。」

「可是……」

「小葆你跟誰說話呢？」奶奶又在間壁嚷。

我吃了一驚。我心裡說：

「我跟誰說話？唉，奶奶，這個人你才熟悉呢。可就是不能告訴你！」——可是我當然不能這麼回答。我只說：

「沒有誰。我念童話呢。」

「哦，你媽來了一封信，小葆！」——我聽見奶奶下床走來了。「看我這記性！想著想著就忘了。你媽說明兒回來不了，又得耽擱幾天呢。」

不錯。媽媽給我們的信上寫著，她還得去跑兩個區。她還問我考了數學沒有，成績怎麼樣。

我匆匆忙忙讀完了信，就往桌上一放。可是我越有心事，奶奶就越囉唕：

「呃，小葆，這是什麼字？我好像沒學過。你剛才念的我沒有聽準。」

「嗯喲，真是！」

「你又跟你同學打架了吧，那麼大的氣？」

「沒有，奶奶。都是你——你老是不按時間做事。今兒是星期日，可還老是讓我給你上文化課。你一點也不管人家有沒有工夫。我星期二還得考數學呢。」

她老人家這才走了，一面嘟囔著，「這孩子！」怎麼怎麼的。可是一會兒又打回轉，拿走桌上的信——一眼發現了我那一桶魚，又高興了：

「喲，哪來的這麼些金魚？」

「唔，金魚。」

「那得有一個魚缸，把它好好兒養起來。」

「唔，得有魚缸。」

奶奶一轉背，桌上就忽然出現了一個挺大的玻璃缸——也不知哪裡來的水，濺得桌上都有水點，好像有誰扔進了什麼東西似的。幾條金魚就在缸裡游了起來。

嗨，這個魚缸也真來得太性急了——幸虧奶奶沒瞧見。奶奶大概又回到了她那「炕」上（她老是管床上叫炕上），嘴裡可還跟我說著話。她擔心媽媽會冷，因為媽媽出差的時候忘了帶她那件毛背心。

「總是忙忙叨叨的！」奶奶又嘆了一口氣。

她又惦念起媽媽來了，我知道。

要是以前——不說很遠以前，就說今天上午吧，那我一看到媽媽這麼一封信，心裡就會嘀咕：「幹麼又不能按期回來？工作進行得順利不順利呀？」老實說，我也想念媽媽，不過表面上不給露出來，因為我又不是女孩子。

可是今天我忙得很，沒工夫去想家裡的事。我連媽媽來信也來不及細細地看，我腦子裡還亂七八糟地塞滿了許多東西，騰不出空兒來想媽媽了。

我想著今天一天的奇遇，又叫人高興，又叫人糊塗。

「嗯，我真得靜下來，好好兒動動腦筋，」我剛這麼約束住自己，一下子我又想起了老大姐——「她能相信我麼？她不疑心我是吹牛麼？」

我瞧瞧金魚。金魚瞧瞧我。我說：

「哼，都是你！」

忽然——不知道是由於光線作用呢，還是怎麼的——金魚們一個個都變大了。它們都睜著圓眼盯著我，嘴巴一開一合的，似乎在那裡打哈哈。有一條金魚把尾巴一扭，一轉身，就有一個小水泡兒升到水面上，「卜兒」的一聲。接著又是那麼一聲。聽起來有點古怪：好像是說一句什麼話似的。

「卜兒……葆，葆……」

「啊？」

「葆……王葆……」

十三

「恐怕是我的幻覺……」我想。

可是金魚缸裡又「卜兒卜兒」的——乍一聽，好像是喊我的名字。再仔細一聽——

「葆，對不起……葆……」

這可的的確確是它們跟我說話！它們還衝著我晃動著身子，仿佛表示過意不去似的。

我就說：

「你們也不用向我道歉，什麼對得起對不起的。我只是要問問你們：你們這號魚到底是怎麼變成的？是打哪兒來的？你們的生活情況怎麼樣？」

它們搖搖腦袋：

「不知道。」

我想，大概它們還沒有懂得我的意思。我於是又說了一遍。我整理出了幾個問題——當然都是科學性的問題，請它們做一個詳盡而又精確的答覆。我還告訴它們：

「我對於你們是很感興趣的，我將來興許要當魚類學家呢。好，現在就請你解答第一道題吧，」

它們一個勁兒搖腦袋：

「不知道。我們沒學過。」

「唉呀，真拿你們這些魚沒辦法！」我只好嘆氣。「什麼『學過』沒『學過』！你們連你們自己的來歷都不知道哇？」

「唉呀，真拿你這個人沒辦法！」它們也嘆氣。「你幹麼不自己觀察觀察我們？你自己不動腦筋，光讓我們替你做答題？」

我一時不知道該怎麼回答它們。

它們也就不理我，管自己談開了。

「這個人跟那天那個人一個樣，嘿，」一條黑金魚把尾巴碰了碰旁邊那一條鑲白珠子的紅金魚。「你記得麼？那天那個人也是這麼著，嘰裡咕嚕問了個老半天。可逗呢。」

「噢，對了！不是那個要寫書的人麼？」那條鑲白珠子的金魚一連卜兒卜兒地吐泡兒。「對，他說他要寫一本書，叫做《金魚的生活》。他說他不知道要寫些什麼，淨要咱們幫他的忙，不是麼？好傢伙，他真愛叨咕！」

「那不叫叨咕。那叫做提問題。」

「好傢伙，他真愛提問題！——『你們怎麼會變得這麼漂亮啊？你們變成了金魚之後，心情怎麼樣啊？有什麼感想啊？你們的思想情況怎麼樣啊？』……這個怎麼樣啊，那個怎麼樣啊，沒個完！」

這時候我可忍不住要插嘴了：

「那你們怎麼答覆他的？」

「什麼也沒答覆。我們一條也答不上。」

這可就太奇怪了。我說：

「這些都是關於你們自己的問題，怎麼會答不上？你們興許不知道你們自己鯽魚變的，因為你們沒看過《科學畫報》。可是別人問你們的思想情況怎麼樣——這，難道你們也答不上麼？難道你們連自己的思想情況都不了解麼？」

黑金魚本來掉轉尾巴要遊開去了，聽見了我這些話，它又轉過頭來：

「那麼你呢？」它不答我回答，又加了一句：「你有一些思想情況——別人還比你自己了解些呢。」

「什麼『別人』？是誰？」

「比如你的寶葫蘆……」

「什麼！」我很不高興。「你說什麼？」

可是魚缸裡再沒有一點聲音了。我等了好一會。還是靜得很。突然——這真是一個了不起的大發現！——我發現不大對頭：

「魚怎麼會說話呢？誰都知道，魚是沒有聲帶的。」

你們想想！一條金魚和一個人辯論！——這難道可能麼？這難道合理麼？不論你拿什麼理由來說……

「不合理！」我兜兒裡也發出了聲音。

「你也同意我的看法，寶葫蘆？」

「那當然，」寶葫蘆慢條斯理地發言。「事實確是如此。魚類不單是沒有發聲器官，並且它們的頭腦也長得有限得很，不可能有這麼多思想。」

可不是！這可見我懷疑得很有道理。我是用科學態度來看這個問題的。同志們！我認為一個人——哪怕他已經退出了科學小組，可總也得用科學態度來研究一切事情，那才不至於錯誤。所以這會兒寶葫蘆也承認我的對，它也認為……

「那麼寶葫蘆呢？」——我忽然聽見魚缸裡一個聲音問我。

寶葫蘆說魚類沒有發聲器官，難道寶葫蘆自己有這號器官麼？至於寶葫蘆的頭腦……嗯，對不起，根本寶葫蘆就從來沒有一個頭腦，連魚兒都不如！那它怎會說話呢？

不但這樣，寶葫蘆還會變出東西來——那又是怎麼回事呢？比如我先前在河邊吃的那些個東西，到底打哪裡來的？怎麼會一下子冒在我手上來？

不錯，這都叫人相信不過。我只要動一動腦筋，想一想這些問題，那麼……「那麼這些事兒都不合理，都不能成立！」我的寶葫蘆接上了碴兒。

「那——那——」我十分吃驚，不知道該怎麼說了，「那你這寶貝……」

「那我就不是什麼寶貝，就沒有什麼神奇。那你『要什麼有什麼』，也是不可能的事。那你白搭。」

我失望地嚷了起來：

「那還行！」

寶葫蘆義正詞嚴地說：

「那你就別懷疑我。什麼合理不合理呀，可能不可能啊——你對別的事盡可以這麼去研究，可別這麼研究我。你要是這麼研究我，那對你自己可沒有好處。」

它這麼一講，才把我思想鬧清楚了。

同志們！我剛才還說來著，一個人得用科學態度來研究一切問題。可是一提到這個寶葫蘆問題——嗯，那沒辦法，不得不例外看待。因為這個寶葫蘆並不是什麼馬馬虎虎的普通玩意兒，而是我的個寶貝——可以使我自己得到幸福的寶貝——我非相信它不可。我得相信它的魔力。假如它沒有什麼魔力的話，那我不就等於沒有得到寶葫蘆麼？那還有什麼意思！

「這才解決問題，」我放了心。

十四

可是我還是定不下心來做功課。

說也奇怪。現在我簡直有點兒像小說戲劇裡有時要出現的那號可笑的學生了，不能安靜靜來複習功課。

可是你們不知道，實際上我的情況不是那麼回事。這會兒我正做著一件更重要的事：我正打算著我遠大的前途——這比起眼下的功課來，當然重要得多多了。

「我將來要做一個什麼呢？」

這個問題，我老早就提出來過。前面我說過，我曾經想當作家，不過還沒有確定。我也想過要學醫，那還是我在小學的時候，我想我將來一定要把奶奶的風濕症治好，還不讓媽媽發氣管炎。同學們有病也可以來找我。「王葆，我肚子疼！」好，躺下吧，我來聽聽。「王葆，我哥哥有點兒不舒服。」那沒問題，我只要開一劑藥方就行了。我剛坐下，拿起鋸子來要著手做一個滑翔機，忽然又有人敲門：「王葆，我鼻子不通氣。……」

這麼著，我忙得簡直沒有工夫做我自己想做的事了。……這可得考慮考慮。所以也沒有確定。

這個想法真有點兒幼稚，是不是？可是對是對的。於是我還想到要學飛機製造，或是學電氣工業。

那些，當然都是以前的事。以前我也像你們似的，是一個平平常常的普通人，所以也就照普通人那麼立志願：將來要學什麼，要幹什麼。現在呢，我可已經成了一個不平常的特殊人了：現在我有了寶葫蘆。現在，我就得有一號與眾不同的特殊方法來立志願，這才合適。

「我將來幹什麼？」我這麼自問自，問了好幾遍。

哪一行都可以，我知道。都會有很大的成就。到了那時候，誰都得議論著這樣的事：說是有一個青年為人民做了一件很了不起的好事，立了一個很大的功勞。於是我的同學們都得驚訝得什麼似的，全嚷開了：

「嘿，瞧瞧咱們王葆！這個封面上的照片不就是他麼？」

有的同學會要說：

「可真想不到！他在初一的時候，功課可並不怎麼樣。」

別的同學——例如鄭小登，就會出來說公道話：

「不价，基本上還好。他只是數學得過一次兩分。可那也不賴他，因為……」

「蘇鳴鳳，你讀過這一篇沒有？——這篇〈我訪問了王葆同志〉。」

「讓我念，讓我念！這上面說，王葆對祖國的貢獻可大呢。」

同學們全都得擁到一堆兒，急巴巴地問：

「什麼貢獻，什麼貢獻？他立了什麼功勞？做了什麼工作？……」。

一提到這一點，可就模模糊糊，簡直搞不清了。我怎麼想，也想不出個頭緒來。

我走去開開窗子，深深吸了一口外面的新鮮空氣，讓我自己安靜下來：

「別著急。我今天才頭一天當特殊人，還沒學會用特殊人的方法來設想我的前途呢。再多當幾天——當熟了一點兒就好了。現在我得照常做我的事。別那麼大驚小怪的。嗯，我得給花兒澆澆水。」

窗臺上有兩小盆瓜葉菊，一盆文竹，已經乾了兩天了。我記性不好，老忘了這回事。爸爸還笑過我呢，他當著我同學的面，說我栽花是受罪。

「可是瞧著吧！」我站在窗臺跟前想著。「我的遠大計畫可以慢點兒訂，可是我可以訂一個目前的計畫。我得訂一個栽花計畫——淨是些名貴品種，！」

我一面想著，一面動手去理書包。然後我掏出我那本小本本兒來，寫上了一行字：

星期一 2時55分：借《科學畫報》。

我在這下面畫了一道紅線，表示重要。瞧了瞧，又把這道紅線加粗一些，因為本兒上也還有許多別的重要記載，也都是有紅線做記號，只有粗些才顯出更重要些。又瞧了瞧，我決計在那下面再加一道藍線。

可是我剛一放下小本兒，想了一想，就重新把這本兒翻開，拿起紅鉛筆，一絲不苟地給那行字裝上一個矩形的紅框框。然後使勁「擦達！擦達！」打了些感嘆號——一共四個，一個角落上一個。

十五

第二天我等到一有空，就去找圖書館小組的同學。我表示我要借一下《科學畫報》——就是我自己捐贈的那個合訂本。而且說明：並不是我自己要看（我已經全都看過了），只是為了替別人服務。

然而事情不湊巧：有人借去了。我打聽了一下，知道借書人是蕭泯生，下午就可以還。不過即使還來了，還是不能借給我，因為已經有五個人預約。這就是說，要等五個人都看過了——五七三十五天之後，才輪得到我！

「呵喲，那怎麼行！」我著急起來。「那第一個預約的是誰？我和他通融通融，請他先讓給我看，那總可以吧？」

圖書館小組一查：第一個預約的是蘇鳴鳳。我來了火：

「蘇鳴鳳幹麼要看這個！」

《科學畫報》——究竟是誰捐贈的呀，我問問你們？——我今天要借可借不到，得先借給蘇鳴鳳！

我可怎麼答覆老大姐呢？

真糟心！我昨天完全沒有預計到這一點。其實這是常常會有的情形。尤其是好書，那簡直輪不過來。我們班上的圖書館雖然很出色，可是像《科學畫報》這麼名貴的圖書到底還不多。

可是下午，就在這部名貴圖書的問題上，出了一件很糟糕的事。

事情是這樣的——

圖書館小組開始活動的時候，蕭泯生就去還書。當時人多事多，不知道怎麼一來，那部《科學畫報》不知道給擱到哪兒去了，找來找去找不著。

起先我還不知道。我正和鄭小登他們在那裡談論著就要舉行的象棋比賽，預先估計估計情勢。忽然我聽見咱們圖書角那兒嚷嚷起來了。

「剛才蕭泯生的確把書還來了，他的借書條兒也退還給他了，我記的清清楚楚。」

「蕭泯生，你的借書條兒呢？」

「沒有，」蕭泯生翻著全身所有的兜兒。「沒有。興許我壓根兒就沒還書吧？我找找找。」

「蕭泯生你真迷糊！借書條兒剛才不是還給了你，你就給撕了麼？我瞧見的。」

同學們都擁了過去。鄭小登和我也趕緊走了過去。大家七手八腳找了起來。我很不滿意：

「怎麼回事，連這麼大一部書都會不見了？」

「說的是呢，」蕭泯生一面仔仔細細檢查他自己的書包，一面接嘴。「這得我負責。要是找不著了，我去買一本來賠上。」

「嗯，這不是你的事。這得我們圖書組負責。我賠償。」

我忍不住嚷起來：

「說得好容易——賠償！你倒去買買看！這樣的書早八百年就賣沒了，還候著你呢！」

「別吵了，找吧。」

我們可實在找夠了。沒有。我找得分外細心，因為我深深知道這本書的可貴。我甚至於趴在地下，伸手到書架底下去掏摸，弄得滿手滿袖子的土。沒有。我又著急，又生氣。可是象棋比賽的時間又快要到了。我只好起了身，撣撣身上的土：

「我可沒工夫在這兒陪著你們盡磨蹭了。可是我對你們實在有意見！可真有意見！」

說了，我就挾起書包來往外走。……

可是——呃，慢著！怎麼我胳膊肘上那麼彆扭？好像挾書包都挾不靈便了。好像書包長大了許多，肚子鼓出來了。我一摸——

「哎呀！」

書包裡顯然有了一本厚厚的挺老大的書——我不用打開來瞧，就知道這是一本什麼書。我對鄭小登他們說了一聲「你們先走，我就來」，我出了教室門就往北跑，躲開了同學們。

「喂，」我隔著兜兒拍拍寶葫蘆，「怎麼回事？包裡忽然有了那部畫報？是你幹的？」

「是我，」寶葫蘆咕嚕一聲。

「誰叫你幹的？」

「是你。」

「胡說！」我忍不住又要生氣。「我說過麼？我吩咐過你麼？」

「你說是沒說，心裡可是這麼想來的。」

「胡說！」我更生氣了。「我想過麼？我有這樣的意思麼？」

「你剛才借不到書，你就不願意：『哼，書還是我捐的哩，倒由不得我了！』——本來是的！書原是你自己的書，幹麼都讓別人支配呢？」

「嗨，你這傢伙！我不過稍微有那麼點兒不耐煩就是了。我怎麼會要收回這本書！」

「書要是沒有捐呢，那我愛借給誰就借給誰，不愛借給誰就不借給誰……」

我打斷了它：

「你諷刺我，簡直是！」

寶葫蘆可在我兜兒裡很厲害地晃動起來：

「冤枉，冤枉！唉，王葆你別只顧自己撇清。我只是照你的意旨辦事就是了。怎麼倒是諷刺你呢？」

「別囉嗦！」我說。「把書拿去還掉！」

我說了就摸摸書包。……還是鼓著的。

「怎麼了？你沒聽見？我命令你：還給圖書館小組！」

「我不會。」

「怎麼，你連這點兒本領都沒有？那你怎麼拿來的？」

「拿來——我會。我可不會送還。」

「為什麼？」

「我只會拿進，不會拿出。」

十六

寶葫蘆的確沒有這個本領。我怎麼發脾氣，怎麼罵，都一點用也沒有。怎麼辦呢？放在我書包裡，那哪行呢？愛看這本書的同學就得借不到書。大家還得白花許多時間來找。要是今天找不到，別人就真的會去買一本來賠上。

「那太不像話了！」

這件事只好讓我自己來收拾：我得想個法兒把這本書還給圖書館小組。我可以趁現在沒人瞧見的時候，悄悄兒走到我們教室北牆外面，把這部畫報輕輕擱到第一扇視窗上——那裡面正是放圖書的地方。我這就可以跑去提醒提醒同學們，「看看窗臺上有沒有？」——一開窗：哈，可不！

這個辦法再好沒有。趕快，趕快！我得在五分鐘以內把它完成。我於是向目的地飛跑。……

「王葆！」忽然後面有人喊。那正是鄭小登。

我趕緊拐了彎。我聽見他嚷——腳步聲也近了：

「你往哪跑？還不快去！象棋比賽要開始了！」

我立即往一叢黃刺玫裡一躲。瞧著他跑過去了，我這才撩開枝葉，拱肩縮背地鑽了出來，手上好幾處給刺破了皮。我剛剛站直身子，正想走開，鄭小登倒又折回來了，他好像成心跟我藏迷兒玩似的！

「你幹麼呢，在這兒？」他問。

「不幹麼……」我馬上又改口：「唔，我出來有點兒事。」

「什麼事？」

「啊？……呃，這會兒暫時不告訴你……」

「什麼！」他一把攀住我的肩膀，使勁拽我走。「他們都等著你呢。讓我來找你的。」

「呃，呃，鄭小登！……好，我就來，我得往教室裡去一轉。」

「幹麼？」

「我得我得——我去把書包放下……」

鄭小登一手就來搶我的書包；

「我給你送去！」

「不行不行！」我兩手拼命抱住我的書包，緊緊捂在肚子上，一點也不敢放鬆。「呃呃，哎！」

大概這時候我的樣子太不平凡了，叫鄭小登嚇了一跳。他對我睜大著眼睛，愣了一會。

「怎麼了？」他輕輕地問。

我搖搖頭。

「肚子疼？」他又輕輕地問。

我這回——一順便就點了點頭。

這他可慌了。他又要攙扶我，又死乞白賴要接過我的書包去。我趕緊彎下腰，更使勁地捂住肚子。

「哎喲！哎喲！」

「不能走麼？」

「哎喲……」

「我找孫大夫去。」

「不用，不用！」

鄭小登四面瞧瞧，想要找個同學來幫幫忙，卻沒有找著。可是鄭小登是一個很固執的人，他說要找大夫就得去找大夫，誰也不用想攔得住他。他叫我在這裡蹲一會兒，就往衛生室跑。……這事情可更不好辦了。

我急得大聲「哎喲哎喲」叫了起來。

「別走別走，鄭小登！……你在這兒好些……哎喲！」

鄭小登打回轉了，焦急地守在我旁邊。他這回不敢走開了。我也不敢動一動，仍舊保持著原來的姿勢，只是把書包捂得更緊了些。

這可也不好辦。我合計著：

「我們倆人這麼著耗到哪一天才算完呢？」

我就說：

「我要喝水……要熱的……」

「我去倒。」

這才把鄭小登支開了。等鄭小登一拐了彎，我就立刻跳起來，好處置那本倒楣的書。

「我得趕快把它扔掉——隨便扔到哪裡。以後再說。」

於是我撒腿就跑，見彎就轉，把那部畫報刷地抽出來，扔到了廚房南邊的一堆煤屑旁邊。我輕鬆地透了一口氣：

「這就好了。再不怕了。」

我逍遙自在地走開。這回鄭小登可再也纏不住我了，我可以說，「咱們快去，我沒病了。」甚至於還可以逗逗他。「什麼？誰肚子疼來著？」……

「王葆！」後面有人喊我。

我回頭一瞧，大吃一驚，原來是孫大夫——我們的校醫。我站住了，連忙報告：

「報告！我——我我——沒有什麼，其實，剛才是鄭小登——他太緊張了，太什麼了，太……」

「你說誰？什麼緊張？怎麼回事？」

「怎麼，鄭小登剛才不是上衛生室去請您來的麼？」

「噢，」孫大夫這可弄明白了，「那準是錯過了。剛才我沒在。……是誰病了不是？」

「沒什麼，沒什麼。我沒毛病……」

他老瞧著我的臉：

「我看你可有點兒毛病。」

「啊？」

「你有點兒馬虎的毛病，」他輕輕點了點頭。「我問你，你是叫王葆不是？」

「是。」

「那就是了，哪！」他的手打身後向我伸過來，手裡有一本書，叫做《科學畫報》。

我不知不覺倒退了一步。他向著我邁進了一步。

「你正在這裡找它嗎？」

「我……呃，是。」

「拿去吧。」

我怎麼辦？我只好雙手接過來，把它裝進書包裡。

我怎麼說？我只好表示感激。

「謝謝，」我鞠一躬。

孫大夫點點頭走了。我瞧著他的背影發傻。他回過臉來對我微笑一下。我只好又鞠一躬。

我心裡可真生氣：

「嗨，您就愛管閒事！一瞧見這書上有我的圖章，就找上我來了！」

這時候——我的處境可太特別了，太古怪了——我竟生怕遇見好人。他們只要一關心我，一幫助我，就得給我添上許多要命的麻煩。

鄭小登這位好同學就是這麼著。……瞧，那不是他來了？他手裡端著一大杯熱騰騰的開水，一本正經地往這邊走來。我趕緊又回到原先的地方，蹲在那叢黃刺玫旁邊，把書包緊緊捂著肚子。

於是我們這一對好朋友又相持不下了。

「得再想個法兒把他支開才好，」我一面轉著念頭，一面喝著滾熱的開水。滿嘴都火辣辣的，說不定舌頭上已經燙起了泡。「我再借個什麼題目呢？」

這個問題還沒解決呢，可又來了幾位同學——當然是鄭小登招來的。其中就有蘇鳴鳳，他說他剛上衛生室去過，可是沒找著孫大夫，待會兒再去找。

「別找了別找了！」我騰出一隻手來搖了搖，又抱緊書包捂著。「孫大夫剛走不一會兒……」

我想說「孫大夫剛給我看過」，可是沒說出口來。跟著姚俊也氣喘喘地跑來了，手裡拿著個熱水袋——也不知哪裡搞來的，他愣要給我暖肚子。

「不要不要！」我嚷。

「暖一暖吧，暖一暖吧，」姚俊來掰我的手。「來，書包給我。」

「哎，哎，不能！……姚俊，別，別！」

「為什麼？」

「熱水袋……不行！我不能用熱水袋。」

「那為什麼？」姚俊又問。

你們可知道姚俊麼？他是科學小組的。他是我們班最愛提問題的人，老是「為什麼」「為什麼」。對待這樣的同學，你就得好好兒跟他講明原因和結果：要不然，會鬧得你心裡發毛。

所以我就告訴他，我還是使書包好，因為這對我的病有效些。

「那是怎麼回事？」姚俊又發問。

「誰知道！……哎喲……也許是我的體質不同。」

「那是什麼體質？」姚俊瞧瞧這個，瞧瞧那個。「這號體質得用書包療法？」

「對，對，」我連忙承認。「這麼著一會兒就好了。你們走吧。」

可是他們不放心。一個也不肯走。我心裡焦躁得什麼似的。我嘴裡苦苦哀求他們：

「讓我一個人在這兒吧。你們活動去吧。」

可是他們不依。他們偏偏關心我，要看顧我。

這可僵透了。怎麼個了局呢。我簡直沒法設想。

「都是這該死的寶葫蘆！可惡極了！」

十七

同學們和我這麼耗著，究竟有多久，我也鬧不明白。我只覺得過了一段很長很長的時間。有一個時候——我不知道這是幾點幾分鐘——我感覺得書包仿佛動彈了一下，好像要從我手裡掙開去似的。我嚇得出了一身汗，捂得更緊了一些。書包可又那麼一彈。

又不知道過了多少時候，我才感覺到手裡的書包似乎有了點兒變化，和剛才不同了。我定一定神，騰出一隻手來悄悄地探了一探——

「哎呀！」我才透過了一口氣來。

書包肚子已經癟下去了。不用看就知道，裡面那一本惹麻煩的書不知道什麼時候，不知道怎麼一來，不知道弄到哪裡去了。

「好了好了，」我這才豎直了脊背，向同學們宣布。「我沒毛病了。」

雖然同學們都有點兒覺得奇怪（尤其是姚俊），他們還勸我去檢查一下身體，這樣那樣的。可是問題已經不大了。

只是有一件事叫我很不愉快：我耽誤了象棋比賽。別的一位同學代替了我。他只贏了一盤。假如是我出馬就好了：決不止贏這麼一點兒。

「嗯，不見得！」姚俊把腦袋一晃。「你的棋好是好，可就是不沉著。」

我不服氣：

「哪裡！該沉著的時候我可沉著呢。」

「可惜你從來就沒有這樣的時候。所以你下棋還輸給我……」

「嗯，別吹！你倒跟我下下看！」

「來！」

「可不興悔。」

「當然！」

姚俊這個人——你別看他個兒小——勇氣可真不小。哪怕他下不過我，哪怕他和我為了下棋吵過嘴，他還是敢跟我下。

同學們都鬧哄哄地圍過來看。我對自己說：

「可不能大意了。也不能打架。這雖然不是正式比賽，可也差不離。他們都想考驗考驗我呢。」

這回我的確很沉著：不慌不忙地動著棋子。我總是看清了形勢，想好了著法，然後才下手。凡是下棋的人，都該像我這麼著。

姚俊的棋不如我，這是大家公認的。連他自己也是這麼說。不過他有一個極其奇怪的毛病——我可實在想不透他腦筋裡到底有個什麼東西在作怪：他淨愛走「馬」。他把個「馬」這麼一跳，那麼一拐，不但害得我的「炮」不能按計劃辦事，而且還鬧得我的「車」都不自在了。好像一個「車」還該怕一個「馬」似的！

「我非得吃掉他那個『馬』！」我打定了主意。「我該想一個巧著兒，叫他意想不到。」

這可並不容易。唔，我來這麼一著，行不行？然後又這麼一來。

「要是他那一下——嗯，他準會來那麼一下，那我……」

我正這麼想著，正想得差不多了，忽然我嘴裡有了一個東西——我雖然沒瞧見，可感覺得到它是打外面飛進來的，幾乎把我的門牙都打掉。它還想趁勢往我食道裡衝哩：要不是我氣力大，拿舌頭和懸雍垂拼命這麼合力一擋，它早就給咽下去了。

同時姚俊嚷了起來：

「咦，我的『馬』呢？我這兒的『馬』呢？」

哼，我知道這是怎麼回事了。

同學們七嘴八舌的。有的說那兒本來沒有「馬」，有的說有。他們看看棋盤四周，又看看地下。

我趁大夥不注意的這會兒，想要把嘴裡的東西吐掉。可是沒有機會，因為鄭小登又釘上了我：

「王葆你沒吃吧？」

「嗯，嗯，」我用鼻孔回答。

「什麼？吃了？」

「嗯，嗯，」我仍舊用鼻孔回答，還加上搖頭。

「怎麼了？你又發什麼病了？」

這麼著，大家又都瞧著我了。我出了一身汗。我晃了晃手，誰也不明白這是什麼意思——我自己也不明白。

「王葆的嘴怎麼了？」有誰發現了這一點。

這時候不知道為什麼——究竟是因為出了汗容易招涼呢，還是別的什麼原因，到現在還沒鬧清楚——我鼻尖忽然有點癢癢的，簡直想要打噴嚏。

「哎喲，可不得了！」我暗暗地叫。「千萬不能打！忍住，無論如何！」

然而不行。……

我揉揉鼻子，想讓它緩和緩和——可越揉越癢。

「啊，啊，啊——」

來了！我一跳起來就衝出同學們的包圍，趕緊拿手絹捂住了嘴。

可是事情發生了變化。我剛才這麼「啊」了一陣，「嚏」字還沒迸出來呢，就覺著我的嘴裡忽然空蕩蕩的——那顆棋子沒有了！我嚇了一大跳，把下半個噴嚏都給嚇了回去。

「掉出來了麼？」我自問自。「哼，怕沒那麼容易！」

我的確沒有聽見它掉下的聲音。手

絹裡可也沒有它的影子。我摸摸袖子管。也沒有。

「這可真糟！」我不由得打了個寒噤。「準是吞下肚去了。準是我一張嘴要打噴嚏，舌頭也那麼一鬆，它就趁空兒溜下去了。」

那麼挺老大的一顆棋子！……也許它就卡在什麼地方，哪兒也不肯去。那可更不好對付了。這玩意兒挺不好消化，我知道。

要是它順順溜溜跑下去……那，它就是老實不客氣地鑽進我的胃裡，待會兒還得跨進小腸裡一步一步往下走，像個小「卒」兒過河似的，——那也不是什麼可喜的事。這個「馬」——你想不到它的味道多麼古怪——吃下去一定不大衛生。

我越想越不是味兒。

「嗨，都是這寶葫蘆惹的！」

十八

我趕緊走回家去。這回也許真得上醫院去檢查一下呢。

奶奶沒在家：大概又開什麼會去了。我摸著了鑰匙，開開門，轉進我自己的屋子——不覺倒退了一步。

「怎麼！我走錯了人家了吧？」

這哪裡還像我的屋子！窗臺上也好，地下也好，都陳列著一盆盆的花——各色各樣的，我簡直叫不出名字。有的倒掛著，有的順長著，有的還打葉子肋窩裡橫伸出來。一瞧就知道這全是些非常名貴的花草。我原先那兩盆瓜葉菊和一盆文竹夾在這中間，可就顯得怪寒傖的了。

而我那張做功課的桌子也不由你不去注意它。那上面有一隻很好看的小花瓶，跟那一缸金魚並排站著，不知道這到底是哪朝哪代哪個地方的產品。花瓶旁邊整整齊齊排列著四塊黃玉似的圓潤的奶油炸糕，還熱和著呢。再往東，就豎起了一架起重機模型，這是道道地地的電磁起重機。它的東南方還躺著一把五用的不銹鋼刀。靠北，你就可以忽然發現一個陶器娃娃坐在那裡，睜圓了一雙眼睛，愛笑不笑地傻瞧著你。她右手邊蹲一堆濕答答的粘土，看樣子大概有兩斤來重，市秤。

「怎麼回事，這是？」我站在房門口，還是四下裡望著。「開百貨公司了還是怎麼著？」

寶葫蘆總還是那麼一句老話：

「我照你的意圖辦事。」

「我問你要過這些玩意兒麼？」

「你想來著。」

「我想來著？」我問自己。可是記不起了。

也許是我略為想過那麼一下：「這玩意兒倒挺不錯」，「這真棒」——頂多不過如此。

也許我連想也沒想，只不過瞧著心裡喜歡了那麼一下子。也許我連喜歡也沒喜歡過，只不過心裡稍微那麼動了一動。……

誰知道寶葫蘆就這麼頂真呢！

我一開抽屜，就發現一本《科學畫報》。書上面還待著一顆孤零零的象棋子。

「哈，那個『馬』原來在這兒！你都給搬家來了？」

寶葫蘆很得意地告訴我：

「這麼著，一方面咱們的祕密不會被人看破，一方面你又得了一本書和一隻『馬』。」

「謝謝，謝謝，」我說。「呃，我問你，你會下象棋不會？」

「不大會。怎麼？」

「不會，就請你別瞎幫忙。你把那顆又大又髒的棋子愣往我嘴裡塞，那是什麼意思？」

「你不是要吃它麼？」

「哼，吃！你瞧見世界上誰下棋是這麼著吃子兒的？你懂得『吃』字的意義麼？」

它說它懂：

「那就是要把那顆棋子給趕出棋盤，不是麼？所以我就給辦好了這作事，讓你直接達到那個目的。」

「這麼著，下棋還有什麼意思！你得讓我自己來下，讓我自己想想……」

「那何必呢？這些個事有我給你效勞，你又何必自己去操心呢？」

你瞧！反正跟它講不明白。它不懂得這些道理。

從此以後，我下棋的時候就甭打算吃別人的子兒，也別想將人的軍了——只要我一有這個意思，對方的老「帥」就會忽然不見，弄得大家手忙腳亂，下不成。

象棋下不成，那就打打百分兒吧。可是也不行。有一次就這麼著，剛發了牌，一開始要打，就有人嚷了起來：

「我少了牌！」

「我也少了兩張！兩個王不見了！」

同時我手裡的牌數突然增加了百分之三十三點三三：都是頭幾名王牌。……

我只好把牌一扔，抽身走開。

從此以後——唉，像我這號有特殊幸福的人，就很難和同學們（他們頂多不過有普通幸福）玩到一塊兒了。

十九

從此以後——你們當然也可以想到，我各方面的生活都也起了變化。

以前我每天自習，總得讓數學題費去我許多時間。可是現在還不要一秒鐘……我剛把書打開，拿起鉛筆來慢慢地削，腦筋還沒來得及開動呢，桌上就冒出一疊紙，上面整整齊齊寫著算式和答數。

「呵！」我跳了起來。「這可真沒料到！」

我不知道你們會有怎麼樣的感想。我可又高興，又擔心——老實說，我生怕我這是在這裡做夢。

「可是我還得畫一張地圖……」

我剛這麼一打算，就有一幅地圖攤在我面前，我自己絕畫不了這麼好。簡

直用不著再添一筆，也用不著修改。只要寫上我的名字就行。我說：

「哈，這可真好！這麼著，我每天就可省下許多時間來了。」

以前我老是忙忙叨叨，連吃飯都嫌沒有工夫。現在——就說吃飯吧，那時間也給節省了下來，因為我肚子經常是飽飽的。因為我經常有各種各樣的糕餅糖果——據說全都是按照我的意圖辦來的。你們知道我這個人並不算饞，不過既然有了這麼些東西，幹麼要讓它白放著呢？

於是我就用不著規規矩矩趴在桌上吃飯了，還一天到晚的老是打著飽嗝兒。反正媽媽還沒回來，爸爸又老不在家，只有奶奶——她可管不著我。我只要招呼一聲——

「奶奶，你先吃吧。我飽著呢。」

我就可以做我自己的事了。

「來，給我幾片桐木片！」我這時候已經計畫好了一件事，就是向寶葫蘆發布命令。

不消說，話還沒有落聲，就來了一迭桐木片。

我用鉛筆在木片上打好了圖樣，拿起鋸子來鋸。可是剛一動手——鋸子還沒來得及碰上木片呢，就已經完成了計畫：我手裡忽然出現了一架完完整整的彈射式飛機模型。

我把鋸子一扔，輕輕嘆了一聲：

「好快！」

不錯，我想要製造的正是這個。我把它試了一試，它滑翔得很好。要是彈射出去，也許能飛上兩分多鐘三分鐘呢。

不過不知道為什麼，這個現成的飛機模型可引不起我很大的興趣。我讓它躺在地下，懶得再撿起它來。我只是問自己：

「再幹點兒什麼呢？」

我四面瞧瞧。視線落到了桌上那一堆粘土——我曾經想拿來塑成一個什麼玩意兒的。可是我剛把它拿到手裡，它馬上就變成了一個小孩子的胸像。我哼一聲：

「嗯，寶葫蘆你簡直越來越敏捷了，我看！」

寶葫蘆背書似的回答了一句：

「練好本領，為你服務！」

我搔了搔頭皮。站起來在屋子裡走了一轉，噓了一口氣。

「好，那麼——再找點兒什麼事做做呢？」

時候還早得很呢。我又東瞧瞧，西瞧瞧。我瞧瞧那許多盆名貴的花草，想要給它們澆點兒水——那些盆裡立刻就水淥淥的了，連枝兒葉兒都好像淋過了雨似的。

「嘿，你手腳可真快！」我一屁股坐在床上。

「過獎，過獎！」寶葫蘆說得很謙虛似的，其實它心裡可得意呢，我知道。

我忽然想起我小時候來了。我小時候老是愛搶著做事：一聽見有人敲門就搶著去開門，一瞧見爸爸回來了就搶著去給他拿拖鞋，這樣那樣的。誰要是不讓做這些事，我就得失望，就得鬧脾氣。有一次我要把一壺水拎到爐子上去，可是奶奶怕我闖禍，她一手就把它提走了，於是我就哭上了老半天。

現在我覺著也有點兒像那一次那樣似的——我當然不至於再哭鼻子了，心裡可是有說不出來的彆扭。

「呃，寶葫蘆！」我實在忍不住要和它談判了。「往後有一些個事兒讓我自己來辦，你別來插手，行不行？」

「哪些個事兒呢？」

「那些個有興趣的事兒。」

「請你說明白點兒。哪一類事兒呢？要怎樣才算是有興趣呢？」

「唉呀，連這也要問！」我有點不耐煩了。「有興趣就是有興趣。比如下棋，比如做一個什麼玩意兒……懂了吧？比如你要做一件事，可是挺不容易，你得自己想辦法來克服困難，你得自己去鬥爭——這麼著做成了，那才有興趣。越是不容易，做起來越是有興趣。」

「噢，我明白了，我明白了，」寶葫蘆一連聲地咕嚕著。「怪不得有人對數學那麼感興趣呢——我可明白了，就因為數學挺不容易，你得自己想辦法去克服困難，你得自己去鬥爭。還有地理……」

我趕緊打斷了它的話：

「我所指的可不是這些個！我對這門功課——那，興趣可並不算很大。」

「為什麼呢？」

「我不那麼愛好……」

「為什麼？」

「你甭管我！反正……」

「那可就太難分別了，」它叨嘮著。「你瞧！都是有困難——有的你倒有興趣去克服，有的你可興趣不大。有些個東西你要享現成，得要什麼有什麼。有些個東西你可想要自己來製造，不讓我插手。又有些個東西你起先想要自己做，做呀做的可又不耐煩起來，於是我的名字就十分榮幸地又被你提到。……你的情況這麼複雜，我的頭腦那麼簡單，可叫我怎麼鬧得清呢？」

我暫時沒有答覆它。它又往下說：

「現在只有兩條路，隨你選一條去走去。一條路是普通人的路：你想要幹什麼事，就都得你自己去想辦法，你自己去花勞力，全不用我來插手。那麼，你乾脆可以把我扔掉，不要我。……」

「那我可沒有那個意思！」

「對，我猜你也不會有那個意思，」寶葫蘆很有把握似的說。「那麼，還有一條路，就是安安心心做我的主人。凡事我都給你辦到——只要你動一動念頭兒就成，全不用你費力。」

我想了一會兒。我提出一個問題來：

「可是你——你可就太費力了不是？你這麼亂花力氣，為了這些個小事兒把力氣都花光，將來拿什麼來給我辦大事兒呢？」

寶葫蘆咕嚕一聲——不知道是笑呢，還是咳嗽——聽了叫人不愉快。它說：

「嗨，力氣又不是鞭炮——放完了就沒有了。我也不是童話裡那號小器角色，只許你有三個願望或是五個願望，給你辦了那幾色東西，你就再也沒什麼可撈的了。我可不一樣。我可是一個真正的寶貝。我有生命，有力量。你儘管叫我幹活兒吧，沒關係。」

「啥，你自相矛盾！你自己說過，你會衰老，叫我現在好好兒使用你……」

它平心靜氣地打斷我的話：

「唔，正因為我將來會要衰老，所以趁著現在——你可以讓我現在多多給你辦一些個東西，我勸你。現在我很年青，正該做做事，鍛煉鍛煉：力氣倒是越用越大，本領也越練越強。這幾天——自從我跟上了你之後，我可有了不少的進步呢。」

「什麼進步？」我詫異起來。

「老實說，我開頭給你辦事的那會兒，我還有點兒笨手笨腳的，頭腦也不夠那麼靈敏。後來幹得多了，我就越幹越熟練，也越容易摸透你的心思了。」

二十

一個寶葫蘆也要練本領！——這可從來沒聽說過。

「它幹麼要練本領，可是為了什麼？」

「為了更好給你做事。」寶葫蘆接碴兒。

「可是你幹麼要找上我，跟上我，來給我懇孜懇孜做事呢？又為了什麼呢？」

「不做事，可就沒有機會練本領，本領就得生銹。」

我搖搖頭。

寶葫蘆問我，它答這一道題是不是有什麼錯誤。我就老實告訴它：

「最多只能得三分。」

它不言聲。我這就跟它說明理由：

「你瞧，練本領是為了好給我做事，給我做事又是為了練本領——淨那麼繞來繞去，問題可還是沒鬧明白。……呃，我問你：原先你待在河裡，要是不找上我，你就根本用不著做什麼事，也就根本用不著練什麼本領，不是麼？那麼著，你在河裡自由自在，又省力，又省心，不是挺好的麼？你幹麼要這麼自找麻煩？為了什麼？」

寶葫蘆又發了一聲怪響，好像是冷笑似的——我可最不喜歡它這個習慣。它說：

「我是什麼？我不是個寶葫蘆麼？我既然是個寶葫蘆，那我就得起寶葫蘆的作用。假如讓我老待在河裡，什麼事兒也不做，什麼作用也不起，就那麼衰老掉，枯掉，那我可不是白活了一輩子麼？所以我找上了你。」

「可是你幹麼一定要起你的作用？為了什麼，這又是？」

「為了什麼？」寶葫蘆也跟了一句。接著停了好一會兒。「你愛打幾分兒就打幾分兒吧，這一道題我可答不上。……總而言之，我既然活在世界上，我就得有我的生話：我就得活動，就得發展，就得起我的作用。要是我不活動，又不使力，又不用心，那我早會枯掉爛掉。我可不能閒著，像一塊廢料似的。我得找機會把我的能力發揮出來，——這才活得有個意思。能力越練越強，我就越幹越歡。」

寶葫蘆大概是說得興奮起來了，竟在我兜兒裡一彈，一下子跳到了我手上。

我嚇了一跳，還當是什麼蟲子呢，忙把手一甩，它就又蹦到了桌上。我定睛一看——這個寶葫蘆可在我面前搖頭晃腦起來，似乎很得意的樣子。它這種態度我也看不順眼。我說：

「噢，你得活動，得找事兒做：不錯，好得很。可是我呢？」

「你？你還有什麼問題呢？」

「我就一輩子什麼事兒也不讓做，一切都得由你來代勞，是不是？我可也得起我的作用啊。我可也得活動啊，也得找機會把我的能力發揮出來呀。我不也得要找點兒活兒幹幹哪？」

「什麼，你也得要找點兒活兒幹幹？」它猛地抽動了一下，彷彿嚇了一跳似的。「那你——唉，那又何必呢！你可完全是另外一號人；你何必又要照普通人那麼樣做人呢？」

它這麼一提，我就又想起了那個老問題：

「那我究竟該怎麼樣做人呢？我將來在這社會上要成為怎麼樣個角色呢？」

「你將來可以成為這麼一號角色：一天到晚淨對大夥兒報告你自己的功績，誇耀你自己的成就，說你哪一天成功了一件什麼事，哪一天又成功了一件什麼事。……」

「可是這些事都不是我親自做的，比方說……」

「那沒關係，」寶葫蘆很快地接嘴。「這是你的奴僕做的，當然就該算在你的賬上。」

我想了一想：

「那不合適吧？」

「有什麼不合適！」寶葫蘆答覆了我心裡想的問題。「反正只有咱們倆知道，別人誰也不明白這個底細。」

「嗯，不大妙，」我把腦袋一晃。「大夥兒聽了我的報告，要是問我：『王葆，這些個事你是怎麼樣做成功的？你光報告你做成了一些什麼，不報告你是怎麼做的，那對我們有多大用處呢？』——要是別人這麼一來，我可怎麼答覆呢？」

「那你就告訴他們說，你是一個動嘴的人，不是一個動腦筋和動手的人。你只要發發命令就是：『你去幹這個！』『你去幹那個！』——至於要怎麼樣幹，那可是另外一號人的事，根本用不著你這號人操心。」

我又搖搖頭：

「不行，我的寶貝！那可不合理。咱們社會才不興那樣兒呢。」

「我可不懂得你的什麼社會不社會，我沒學過那一套，」寶葫蘆咕嚕著。「難道你們那裡誰都是這麼著，一報告做成了什麼，就準得報告是怎麼樣做成的麼？」

「差不離。」

「那麼，你看別人怎麼說，你也怎麼說就是。」

我不吱聲了，因為我不知道再怎麼往下談。寶葫蘆興許是怕我對它不滿意，它就趕緊向我保證：

「其實連報告也不用你自己準備。你根本用不著考慮這個問題。」

瞧瞧！它可真想得周到。

這麼著，我這輩子還有什麼事可做呢？

「這麼著，我就簡直用不著再考慮我的志願什麼的了，」我想著。「可是將來幹什麼呢，我？我怎麼樣過日子呢？」

我怎麼樣想，也想不出一個頭緒來。蜜蜂又在屋子裡飛來飛去，吵得人家心裡更煩。有一隻蜂子還從一盆花上飛出來，故意要打我耳朵邊掠過去。我吃了一驚，把身子一讓：

「討厭！」

「嗡！」

接著外面有什麼載重汽車轟轟轟地走過，連玻璃窗都給震得鏘啷鏘啷的。什麼地方正在那裡播送什麼講話，間或飄過來幾個字：

「……每一秒鐘都寶貴……時間……」

哼，還「時間」呢！我可已經節省下了許多許多時間——差不離每一秒鐘的時間都給我節省了下來，幾乎可以說我所有的全部時間都給節省了下來——現在我就有這麼多這麼多的時間，多到簡直沒法兒把它花掉了。……我聽著鐘擺「的答，的答」響，一秒一秒地過去，不知道要怎麼著才好。我已經感覺到挺什麼的，挺——那個：叫做無聊。

我這才親身體會到——唉，一個人要是時間太多了，那可實在不好辦，實在不好辦。

「出去吧，找同學玩兒去。」

我剛這麼一想，就猛聽見——

「王葆！王葆！」

鄭小登和姚俊忽然就來了，好像打地裡冒出來似的。這時候桌上的寶葫蘆一跳就跳回到我兜兒裡，我就趕緊跑出去迎上我的同學們。

二十一

鄭小登和姚俊來得那麼湊巧，我真疑心這是由於我那寶葫蘆的魔力。我想：

「假如真是這麼著，那我連找朋友也不用費時間了。」

「你們怎麼忽然想到上我這兒來了？」我問。

「怎麼，不能來麼？」

「誰說！」我叫起來。「我可正想著你們呢。」

接著我就問他們究竟是怎麼來的，打哪兒來的。可是問來問去，總也平常得很：姚俊上鄭小登家去，就一塊兒上我這兒來了。他們是步行來的——也就是說，他們倆都是用自己的一雙腳，一步一步地走著來的。他們誰也沒提到這裡面有什麼奇跡。

「就不過是這麼回事麼？」我總有點兒不大相信。「也許這全都是假的：這個鄭小登不是真的鄭小登，姚俊也不是真的姚俊，都是寶葫蘆給幻變出來的。」

可是我再仔細看看他們，一點也看不出有什麼毛病：和真的一個樣兒。我故意攀著鄭小登的肩膀，故意和姚俊摔跤，也覺不出他們身上有什麼破綻。

「那麼是真的了？」我自問自。

「可是慢著！它既然能把他們變出來，那也就能把他們變得像個真的。」我又這麼想。

「那麼到底還是假的？……」

我腦子裡可簡直纏不清了。

我不相信我是在這裡做夢——可是奇怪得很，這會兒我實在像在夢裡面那麼糊里糊塗：世界上的東西都分不清真的假的了。我只知道我這個人是真的，絕不會是什麼幻變出來的東西。還有我這個寶葫蘆——它當然不能假。別的，我可就一點把握也沒有了。

我一面手把手地和同學們走進屋子，一面在心裡判斷著：

「可能是這麼著：剛才寶葫蘆知道了我的意圖，就馬上憑空現出一個鄭小登，一個姚俊，好讓他們陪我玩兒，給我解解悶兒。」

這當然是很好的事。可是這兩個專門給我解悶的人，也給我添了很大的麻煩。

這都只怪他們太好奇。鄭小登一瞧見那些花草，就問是哪兒來的，是不是我栽的。我還沒來得及回答呢，姚俊可就看上了那一架電磁起重機，老是纏著我，無論如何要請我報告一下這是怎麼樣做成功的。

「瞧，這不是來了！」我暗地埋怨著寶葫蘆。「我說了吧？」

突然——可真快極了——我感覺到手裡有了一張紙，上面寫著密密麻麻的字。一看：嗯，有辦法！這雖然是一篇沒頭沒腦的東西，可是正論到了我眼下就要解答的一個問題。你瞧：

同志們！你們想要知道我的這件東西是怎樣製造成功的麼？我很願意把我個人所體會到的向你們報告，供你們在工作中做一個參考。我的看法不一定正確，請同志們多多批評，多提寶貴的意見。

同志們！我是怎樣製造成功的呢？我是克服了無數困難才製造成功的。在工作過程中總會遇到許多大大小小的困難。根據我個人的經驗：你能克服它們，結果是成功；如果你不能克服它們，結果就不是成功，相反地是不成功。我也不能例外。

那麼我是怎樣克服困難的呢？

這是有個過程的。根據我個人的經驗：做任何事情都得有個過程。我也不能例外。

起先，我也犯過錯誤：我遇到困難就有點害怕，沒有信心，怕自己克服不了。可是後來，我忽然想起我是一個〔少先隊〕員（報告人注意：如果你還不是少先隊員，你就說我是一個新中國的少年），難道可以對困難低頭麼？

不，不！相反，我要克服它！

就是因為我想到自己是個少先隊員，革命的熱情支持著我，這樣，經過無數次的試驗，經過無數次的失敗，我終於克服了困難，就把這個東西做成功了。

同志們！我就是這樣把這件東西製造成功的。

由此可見，以前我所以不能克服困難，是因為我記性不好，以致記不起我自己是誰，記不起我已經入了隊。從而，革命的熱情也就不肯跑來支持我。但是後來，有一天，我忽然一低頭，一眼瞧見了我的紅領巾，我忽然恢復了記憶力，猛地記起了我自己是誰，記起了我是一個少先隊員了。從而革命的熱情也就樂意跑來支持我了，我就有了克服困難的勇氣，從而我克服了困難，製成了這件東西。

由此可見，我所以能製成了電磁起重機，是和隊的教育分不開的。從而……

這就是我的寶貝給我準備的報告稿子。

可惜這裡不是一個大會場。要不然，我跑上臺去一字不差地這麼朗誦一遍，那可再合適也沒有。現在呢——

「現在我可只有兩個聽眾。是不是也值得那麼做大報告？」

可是姚俊還是一個勁兒釘著問，我也就考慮不了那麼多了。我非得講幾句話不可。

唔，我可以不擺出做報告的姿勢來，只要照著這個報告的內容談談就行：內容總該是這個樣兒的，反正。

於是我就這麼辦。「你們想要知道我的這件東西是怎樣製造成功的麼？我很願意——」這樣那樣的。照念。

可是同學們忽然打我的岔，叫起來：

「王葆你怎麼了！」

「什麼『怎麼了』？」我停止了講話，抬起臉來問。我這才發現他倆都睜大了眼睛盯著我，彷彿不知道我是誰似的。

「你叨咕些什麼？你跟誰講話？」

「咦，不是你們讓我給解答這個問題麼？」

「你到底是在這兒說正經話，還是裝洋相？」姚俊全神貫注地觀察著我的臉。

「這是什麼？」鄭小登發現了我手裡的東西。他一把搶了過去，這才恍然大悟：

「噢，你還準備做報告呢！」

這麼著，同學們就對我沒有什麼意見了。姚俊只是說：

「你要是早告訴我們你是演習，我們也就不奇怪了。這個報告倒挺不錯的，不是麼，鄭小登？寫得挺合規矩的。」

「對。大家聽了準得鼓掌。」

「鼓掌可算不了什麼，」姚俊說。「反正只要有人上了臺，在臺上那麼張了張嘴，你也得鼓掌——你愛聽也好，不愛聽也好，都一樣。要不然，別人就得說咱們學生太沒禮貌了。……可是王葆的這個報告倒的確不壞，挺解決問題的，也挺有思想。可是——可是——」姚俊這時候又轉過臉來研究我了，「呃，王葆，可是你的這個電磁起重機究竟是怎麼做成的，啊？王葆，啊？你照平常你真正說話那麼樣說給我聽吧，別演習了。」

這回可輪到我來睜著眼睛瞧他了。我心裡直犯疑：

「這姚俊到底是不是個真的人？怎麼那麼蘑菇？」

二十二

我正在這裡為難的時候，我們街坊孩子們給我解圍來了。他們還沒進門就嚷：

「王葆，我們來看看你的花兒，行麼？」

我可高興極了：

「歡迎歡迎！」

這就把電磁起重機的問題撂到了一邊。這些孩子一擁就進了屋子，欣賞著我那些花草，七嘴八舌談著。

原來他們是聽了我奶奶說起，才知有這麼回事的。他們就質問我幹麼要一個人悄悄地栽花兒，連對他們都保起密來了。按說，他們都可以是我很好的助手。

「你還是我們的隊長呢。」

我笑了一笑。這裡我就給鄭小登和姚俊解釋了一下：我暑假裡組織他們活動過，他們就把我叫做「隊長」。他們大部分是小學生，還有幾個沒有到學齡：他們都跟我挺好，聽我的話。我領他們辦過小圖書館，還舉行過幾次晚會。……

「喲，這都是些什麼花呀？」孩子們瞧瞧這盆，瞧瞧那盆。

「王葆，這是不是蘿蔔海棠？」

我可沒有工夫回答。我還在那裡專心專意跟同學們講著暑假裡的故事。可是小珍兒——她是個七歲的小女孩兒，你拿她一點辦法也沒有——使勁拉著我的胳膊，在我耳朵邊大聲叫著：

「這個叫什麼，這個？」

「瓜葉菊，」我匆匆忙忙回答了一聲，就又打算往下談。

小珍兒可攔住了我：

「誰不認識瓜葉菊！……我問的是這個，哪！」

我指指那盆文竹，剛要說出它的名字，小珍兒又叫起來：

「嗯，你真是！這——個！」小珍兒跑去指指那盆倒掛著的花！「瞧，是這個！」

這個——這可叫我怎麼回答呢？這個，我恰恰沒有研究過。所有這裡的花草，我一共認識兩種：一種叫做瓜葉菊，還有一種叫做文竹。

所以我指著文竹的那隻手指，堅決不收回。我問：

「可是我得考考你，小珍兒：你知道這叫什麼？」

不料她立刻就回答出來了。我這才想起，這些孩子也全都叫得出這兩樣。原來我早已經把我的全部園藝知識都傳授了他們了。

小珍兒還是盡釘著問，這叫什麼，那叫什麼。這麼著，引得孩子們全體都也研究起來，得讓我一個人來做答題，簡直不讓我好好兒跟同學們講話。我抹了抹汗津津的臉，指指前面：

「這個呀？你們說的是這個麼？這個還是那個？……噢，這個！這叫做……這是……嗯，你們猜！」

「這怎麼猜！說了吧，說了吧！」

「不行，」我晃著膀子，想要掙出他們的包圍。「嗯，你們淨問我，自己可一點也不肯動腦筋……」

可是我怎麼樣也掙不脫。小珍兒還拽住我的手不放，聲音越來越尖，對準我的耳朵「啊？啊？」個不停。

「別，別！」我勉強笑著，腮巴肉直跳。「呃呃！……好，我晚上公布，行了吧？」

「趕天一擦黑，就公布！」

「好吧。」

「可都得公布！這叫什麼，這叫什麼，還有這，這，」小珍兒一指一指的，「待會兒——都得告訴！」

「行，行。」

他們這才讓步，像一番陣雨停了似的，安靜了下來。

「嗨呀！」我透出了一口氣。「可是我還得趕快想個辦法才好。」

於是等我的客人們一走，我就一個人在屋子裡布置起我的工作來。

不消說，我當然要把事情弄得很精確而有系統，因為我這個人是挺愛科學的。

所以我就吩咐寶葫蘆：

「寶葫蘆，給我每盆花兒都插上名字標籤，還得標明屬於什麼科！」

我眼睛一霎，就全給辦得周周整整的了。就簡直跟園藝試驗所一個樣。誰要是一來到我這兒，誰就能學習到許多東西，就能增長許多知識。

你瞧！——這一盆：

蓮花掌　景天科

那一盆呢——

松葉菊　番杏科

你稍為一轉過臉去，馬上又可以發現；

仙客來　櫻草科

名目可多極了，都是我以前從來不知道的。至於我已經認識的那兩種——哈，也都插著標籤呢！……我得看看文竹是什麼科。

「什麼！」我一看就愣住了。「『酢的漿草，酢漿草科』。……文竹又叫做酢漿草？……唔，這準是它的學名。咱們的許多植物學名——我們李先生就說過——常常跟咱們平常叫的不一樣，你得另外記住那麼一套才行。」

我這就趕緊把它記到了我的小本本兒裡。然後再瞧瞧我的瓜葉菊——我疑心我眼花了，定睛看了好一會，才能確定牌牌上寫的名字，一字不差地念了出來：

「龜背葉，天南星科。」

我搔了搔頭皮：

「哈呀，幸虧有這麼個牌牌！」

這可真叫我長了許多知識。我又好好兒記上了一條，還打了一道紅杠。我準備晚上把這一套都教給小珍兒他們。

正在這時候，爸爸忽然站在門口——我簡直沒發現爸爸是什麼時候回來的。

「這些花哪來的？」爸爸一來就注意到了這個。

不知道為什麼，我又高興，又有點兒發慌。我瞧瞧爸爸，又瞧瞧屋子裡那些陳列品。我順嘴說了一句——

「我們在學校裡種的。」

爸爸一面走進來，一面又問：

「怎麼你給搬到家裡來了？」

「那是——那是——同學們交給我保管的。」

「哦？」爸爸瞧著我笑了一笑，我不知道爸爸還是感到驕傲呢，還是要取笑我。「你自己只栽了兩盆就已經夠受的了，他們還讓你來保管這麼多？是誰做出這個決定來的？你麼？」

「沒有誰做出決定……大夥兒……」

奶奶不知道什麼時候也到房門口來了。奶奶插嘴：

「小葆其實也挺會栽個花兒什麼的。他還跟同學比賽過呢。」

「唔，花算是他栽的，可是得讓奶奶操心，連澆水也得靠奶奶。」

爸爸說著，就走攏這些花盆，彎下腰來看那些插著的標籤。

我心裡實在可忍不住的高興。嗯，瞧吧！看看這個工作究竟做得怎麼樣！——還有哪點兒不出色！

爸爸抬起臉來瞧瞧我：

「這是誰插上的？你麼？」

我本來想說「同學們……」可是我馬上改變了主意。我點點頭。

忽然我爸爸臉上的笑意沒有了。他指指一盆花問我這叫做什麼。

「這——這——」我瞟一眼那個標籤，說出了名字。

「真胡鬧，」爸爸叨咕著，又去看一盆盆的標籤。「你到底認識這些花草不認識？」

我一時還沒回答上，爸爸又問：

「怎麼，你連你自己種的瓜葉菊都不知道了？——什麼龜背葉！你這兒就根本沒有一盆龜背葉！」

爸爸瞧著我。我瞧著地板。爸爸站直起來：

「你幹麼要那麼亂插一氣？什麼意思？」

「有幾盆——有些——可不是我插上的。」

「哪幾盆？」

我回答不出。

奶奶又插嘴：

「花名兒可也真難記呢。我就記不住幾個，還常常鬧錯……」

「記錯了不要緊，不認識也不要緊，」爸爸回答著奶奶，眼睛可是對著我。「可是總別亂插標籤。這叫什麼，那叫什麼，插得真好像有那麼回事兒，好像可以拿來教育別人似的——可是你自己對這玩意兒完全一竅不通，連名字有沒有標錯都

不知道！那算什麼呢！」

唉，你聽聽！爸爸把他的王葆想得這麼糟！……這可真冤枉透了。

我轉過臉去，蹲下來把那些倒楣的標籤全都給拔掉，一面拼命忍著眼淚——不知道為什麼，只要爸爸一對我有了什麼誤解，我就特別覺著委屈。我實在想跟爸爸嚷：

「爸爸，不是那麼回事！爸爸！」

可是一直到爸爸走出了屋子，我還是一聲不吭。

二十三

等爸爸一走出房門，我就打兜兒裡一把掏出了寶葫蘆，使勁往地下一摔。

「你淨胡鬧，你淨！」

可是這個寶葫蘆像個乒乓球那麼著，一下地就一跳一跳的，那裡面的核兒什麼的也就咕嚕咕嚕響個不停：

「淨賴我，淨賴我！」

它越蹦越高——叫了聲「淨！」一蹦蹦上了我膝蓋。我把腿一抖，它就趁勢跳到了桌上，像不倒翁那麼搖了好一陣才站住腳。

「我錯了麼？」它的聲音來得很急促。「不是你叫我弄標籤來的麼？」

「可是你幹麼不認清楚哪盆是什麼，哪盆是什麼，就那麼亂插一氣？」

「那可不歸我管。我只是服從你的命令，搬標籤。至於所標的到底是些什麼，標錯了沒有，那可就不是我的職責了。我也不研究這個。」

「哼！」

「你何必那麼認真呢，哎呀。反正天冬草也是草，酢漿草也是草，不過上面兩字兒稍為混了一混，那有什麼關係呢。」

「可是這麼一來，爸爸就以為我……」

「那是你爸爸不了解你，還當你是個平常人。」

它接著又安我的心，說我們倆雖然都不懂得這些玩意兒，可也並不礙事。

「反正咱們不愁沒錢，」它說明著。「錢——你要多少，我就可以給你變出多少來。」

「這和錢有什麼相干？」

「你一有錢，不是就可以雇一位內行來管這檔子事兒麼？你可以雇用一位很出色的園藝學家……」

「那哪行！」我連忙反對。我生怕我心裡那麼一活動，就忽然會有一位園藝家冒出來，叫我不好安排。

我正這麼考慮著，忽然聽見什麼地方一聲

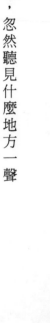

門響。我跳了起來。

「別來，噢！這回我可沒吩咐你什麼，你別瞎張羅！」

我再豎起耳朵聽聽，才聽出是爸爸的腳步聲——似乎是又向我這裡走來。我就忽然有那麼一點著慌似的，趕緊站起。……

可是沒瞧見爸爸進我的門。爸爸好像忽然改變主意了，轉了方向了。

「怎麼……？」

我正在這裡狐疑，心裡可猛地冒出了一個很可怕的問題：

「難道爸爸也是——也是……」

可叫我怎麼說呢，唉呀！

你瞧，我心裡一想起爸爸，就忽然聽見爸爸向我這兒走來了。這是什麼緣故呢？可是只要我心裡一著慌，爸爸走了一陣子就忽然不上我這兒來了。這又是什麼緣故呢？

「格兒！」——什麼地方有誰笑了一聲。

我吃了一驚。四面瞧瞧，才瞧見金魚缸裡又在那裡起泡泡。

「葆兒，葆兒，」那條黑金魚鼓起眼珠兒衝著我點點頭。「不錯，不錯。」

「什麼『不錯』？」

「你想什麼就有什麼，想爸爸就冒出個爸爸。」

「你說什麼？」

「你怕跟爸爸照面，爸爸就不出現。」

「你說誰？」

黑金魚可把尾巴一搖，就扭轉身子蕩了開去。

我愣了好一會。我兩隻手捧著腦袋，眼睛盯著牆角落，覺著這個世界越來越古怪了。這世界上的一切——我所看到碰到的這一切——怎麼！都是寶葫蘆按照我的意圖變出來的，連我的好朋友也在內，連我的爸爸……

唉，一想到這裡，我心都疼起來了。

不行不行！我得好好想一想。

「這合理麼？」我自問自答。「不合理。我是爸爸的兒子，這是事實。沒有個爸爸就沒有個我，這也是事實。假如說，爸爸只是幻變出來的，那麼爸爸的兒子——我——難道我……」

那可太說不過去了！

還有媽媽……

可是我不敢去想媽媽。生怕一想，媽媽就忽然在家裡出現，——那可就更加證實了這一點。你想，假如你所愛著的人——他那麼愛你，關心你，可忽然有一天發現他並不是一個真的人，只不過是幻變出來的……

「不能，不能！」我傷心地叫起來。「決不能是那麼回事！……爸爸，爸爸！……」

我忽然想要去把爸爸一把抱住，跟爸爸說點兒什麼。我趕緊跑出了房門。

爸爸和奶奶可不知道什麼時候都出去了。真好像剛才是做了一個夢似的。

二十四

屋子裡靜悄悄的。我覺著從來沒有這麼靜過。

我忽然記起了一件事——得趁這個時候辦一辦。我於是打抽屜裡拿出那本《科學畫報》來，趕快把它包好，寫上了蕭泯生的地址。可是馬上又改變主意，覺得還是直接寄給圖書館小組的好。

我換了好幾次包皮紙：我生怕同學們認出是我寫的，所以寫好又扯掉，寫好又扯掉。

「卜兒，葆兒！」魚缸裡又有了響聲。「他淨自找麻煩！」

我把筆一丟，轉過臉去一瞧——又是那條多嘴的黑金魚！我瞪著眼睛：

「你說誰？……你管得著麼，你？」

「我當然管你不著，不著，」它一連吐了兩個泡兒。「世界上誰也管你不著。」

「可是你們——哼，我也不知道是怎麼回事，你們總對我有挺大意見似的。」

有一條鑲白珠子的紅金魚插嘴：

「喲，那怕什麼！反正我們壓根兒就不是什麼真的生物，我們壓根兒就沒生在這個世界上——這個世界上只有你一個才算是實實在在活著的。那，別人有意見也好，沒意見也好，管它呢！」

我發了一會傻。我敲敲自己的腦袋：

「哎呀我的媽呀！這是怎麼回事？……我得清醒清醒才好！」

可是魚缸裡的說話聲音越來越清楚了——我不知道這到底是因為我清醒了呢，還是反倒更迷糊了。

「唉，王葆可還是沒想透，」那條黑金魚搖頭擺尾著，彷彿教訓人似的。「他還怕同學們發覺他拿了這本玩意兒哩。——」

「我可沒拿！」

「——他還這麼嘀咕，那麼嘀咕：他生怕同學們因為丟了書著急，他又生怕蕭泯生真的去賠書，——淨這麼白操心！」

「什麼白操心？」

「是的，白操心，」黑金魚慢吞吞地吐著字眼，好像一個外國人剛學講中國話。「比如你做夢，夢見了這樣那樣，夢見誰誰誰——這全都不是真的，那你又何必為他們操心呢。你即使把你們班上的東西全部拿走，也沒有什麼關係。你根本不用去關心什麼人，更不用怕得罪什麼人——無論什麼人，反正都等於是你夢裡面的角色。」

「哼，你倒說得好！要都是等於做夢的話，那不是我什麼都可以幹出來了？我對自己的什麼行為也可以不負責任了？」

「可不？」黑金魚吐了一個泡兒。「你要幹什麼都可以。比如說，你跟姚俊下著下著棋，忽然你發了火，跳起來把姚俊一把推倒，順腿一腳把桌子踢翻，——那也不在乎，也不算是什麼錯誤。一切事情都沒有什麼錯不錯的問題，也沒有什麼好不好的問題：你愛怎麼鬧就怎麼鬧，都沒關係。」

我揉了揉眼睛，把臉湊過去仔細看看魚缸：

「你究竟是說真話，還是說的反話？」

黑金魚好像害怕我似的，一扭身就游了開去。我眼睛老跟著它轉動，想再等它開口。可是它竟像一條真的金魚那麼游著，一點也看不出有什麼異狀。

我小聲兒問：

「喂，剛才不是你跟我說話來麼？」

仍舊沒等著回答。倒顯得好像是我這個人不懂事似的——竟去向一條魚兒發問！

「別胡想了吧！」我抬起脖子來抖動了兩下，提提精神。「得趕快把正經事辦好。」

我重新寫著位址。不時地豎起耳朵來聽聽四面八方，生怕爸爸或是奶奶闖進來。趁空兒還瞟一瞟魚缸，看缸裡是不是有誰在那裡注意我。

「王葆！」——什麼地方一聲尖叫，一聽就知道是小珍兒他們。

我趕緊把手裡的東西往懷裡一抱，想要搶出門去躲開——可是孩子們已經進了院子，我跑不掉了。於是我往床底下一爬，鑽進去趴在一口箱子後面。

「王葆！」他們一窩蜂擁進了門來。「咦，人呢？」

「喲，花名牌兒！……還沒插上呢。」

瞧這些孩子！他們明明知道主人不在家，可還是不走。他們一會兒議論那個陶瓷娃娃，一會兒又逗金魚玩。不知道誰忽然發現地下有一個飛機模型，就拿來試驗開了。

「糟糕！」我心裡直著急。

孩子們可咭咭刮刮的，都異口同聲地讚美起這一具彈射式小飛機來。還有人表示驚異，為什麼一個人真能夠製造出這麼好的好東西。

這時候我忽然感覺到心裡癢癢的。我真恨不得一骨碌就鑽出來……那他們準得大吃一驚，接著就得又是笑，又是嚷，說王葆可真是個飛機製造家。於是我就可以很謙虛地——我這個人總是挺謙虛的——說：

「這不算什麼。……」

我趴在床下箱子後面這麼想著。同時覺得耳朵邊嚶嚶嚶地叫，不知道這是蚊子呢還是什麼。脖子上也有點兒發癢，仿佛有什麼東西在那裡爬。

可是……忽然我想到了一個問題：

「我需要這麼躲著麼？我需要這麼受罪麼？也許我是做夢呢？」

那就好了，那我就根本用不著在這麼個地位上採取這麼個姿勢了，可以自由自在的了。

「可是我這個夢究竟是打哪會做起的？」我又問自己。「我所得到的寶葫蘆呢，是不是也……」

這時候我才猛然想起，我的寶葫蘆還在桌上待著哩。我正著急，就聽到我兒兒裡有輕微的響聲：

「格咕嚕。」

喜得我心裡直念叨：

「寶葫蘆你真不錯，真機靈。……可這是不是做夢？」

「不是夢，不是夢，」它聲音雖然小，可說得很清楚。「我是真的，我是真的。」

「對，這才合理。」

二十五

我一直這麼趴在床底下，好容易等小珍兒他們走了，我才爬出來。我來不及撣掉身上的塵土，就去把那個重要．的郵件包裹好，寫上地名，跑出去悄悄地寄掉。

我這就一面吹著哨——我想吹一支歌，可總吹不成調，就拼命練習著——一面大踏步走，轉一個彎……

「慢著！」我突然站住了。「這會兒就回家麼？——家裡可有用不了的時間等著你，叫你簡直沒法兒對付，那有什麼意思？」

於是我只好改變路線，放慢步子，在街上溜達起來。

就這麼著，我甩著兩個膀子，這兒看看，那兒看看。我不知道我逛蕩了有多大工夫——總而言之，我已經有點兒逛膩了，時候可還是早得很，好像世界上的鐘全都停了擺似的。

街上可挺熱鬧。人多極了：都是三三兩兩的有說有笑的。

「他們都上哪兒去呀，這會兒？」我瞧見他們嘻嘻哈哈地走過，心裡就這麼想。「是上哪個同學家去吧，他們這一夥？再不然就是去訪問友誼班上的大同學。誰知道呢，反正他們總有地方可以去就是。」

我不知是累了還是怎麼著，忍不住嘆一口氣。我平日總愛和同學們和好朋友們一塊兒玩，連上街買東西都得邀一個伴兒。我現在真也想去找我的同學們……

心裡剛這麼一動，就瞧見鄭小登遠遠的打對面走過來了——跟他一塊兒走的似乎還有幾個人，好像老大姐也在那裡面。我真想飛奔上去，喊他們，拉住他們的手。可是忽然有個影子似的東西在我腦子裡一閃：

「他們上誰家去？是不是找我？」

哼，十有八九！

準是這麼回事，我料得到：鄭小登和姚俊準是向大夥兒廣播過了，說王葆一方面栽培了好些名貴的花草，一方面又製造了一具道地的電磁起重機，一方面又塑造了一個出色的少年胸像，一方面又——總括一句吧，又還做出了許許多多令人驚異的成績。大夥兒一聽，當然得嚷起來：

「真的！敢情他退出了科學小組，一個人去悄悄製造了一個！」

（「真的，真的，」我心裡回答。「你們可以來參觀參觀，歡迎得很，歡迎得很。」）

「那，咱們找他談談去，好不好？問問他花兒怎麼栽的，那些個東西是怎麼做出來的。」

（「呃，甭，甭，」我心裡回答。「我可不在家。我有事得出去。回見，回見！」）

我一轉身就鑽進了一條胡同。很快地又往北拐了一個彎。我邊走邊四面看看，生怕又遇見什麼同學，比如說姚俊……

剛這麼一想，我就不得不趕緊停住了步子：因為我猛然發現前面有三個人，一瞧背影就知道——可不，恰恰就是姚俊！還有一個是蕭泯生。還有一位是我們的中隊輔導員。……

於是我連忙向後轉。

同志們！我跟你們老實說了吧，這想什麼就有什麼——當然是我這號特殊人才會有的特殊幸福——有時候可也鬧得人實在不方便。例如現在，我就得隨時警惕著，無論走在路上，無論跑進什麼店裡，我總得小心地四面瞧瞧，一面還得努力約束我自己：

「可千萬別去想你的好朋友了。」

我就這麼逛了很久，走了很多路。好在我不怕肚子餓，我手上反正隨時可以有我想要吃的東西。我還可以隨便到什麼吃食店裡去吃東西，自然而然有錢讓我付帳。倒實在挺方便。

可是我吃著吃著，忽然又想到了那個老問題：

「這是不是真的？」

這碗餛飩也許就不是什麼實實在在的餛飩，只不過是……

我打了個寒噤。想起來真有點兒可怕：這吃了也等於不吃，吃不吃都一個樣了？

那怎麼行！

「我偏要吃，偏要吃！」我大聲說，好像對誰提抗議似的。

「我還得吃蘋果哩，！待會兒我還喝杏仁茶去。」

我拿起一隻蘋果來咬下了一大口，用心用意的嚼著——嗯，又甜，又香，又脆得嘎迸嘎迸的。這難道是個假蘋果？……去你的吧！

「真是！再別想這個問題了吧。這世界上的一切東西是不是幻變出來的呀，是不是假的呀——老這麼考慮，老這麼研究，可就會消化不良了。這一門學問才倒胃口呢。」

我一口氣啃完了兩個，站住一會兒，把剛才吃東西的真實性好好兒體會了一下，心裡可就完全踏實了。我打了一個嗝兒，懶洋洋地又踱起來。

「可是幾點鐘了，現在？」我自問自。

忽然我聽見我後面有哈哈的笑聲。我回頭一瞧，就瞧見兩個孩子手挽手地走著，大概是講故事講到有趣的地方了。

我也不知不覺跟著笑了一笑。可是他們沒注意我，只顧邊說邊往前走了。我只有我的影子還跟著我。

「唉，我真想有個伴兒，真想有個伴兒，」我噓了兩口氣。「可是找誰呢？」

我耷拉著腦袋想著，可就猛不防和一個人撞了一下，把我手裡的一包核桃

糖灑落了一地，還有一袋花紅也掉得七零八落。

「噢喲，是王葆！……對不起！」

「是誰？」我氣忿忿地一抬頭，不覺叫了起來：「呵，楊拴兒！」

二十六

不錯，就是那個楊拴兒——你們還記得麼：就是楊叔叔的侄兒，奶奶說過他手腳不乾淨的，不過後來肯好好學習了，改好了。

我可真想不到我現在撞見的會是他。可見我也有幾分高興。這總比沒伴兒好。並且這個伴兒對我還沒有什麼妨礙。

楊拴兒對我很有禮貌：一面幫著我撿起掉下的東西，一面連聲道著歉。倒弄得我有點兒過意不去了。他把該包好的東西給我包好，把該裝進紙袋的給裝進紙袋，然後問：

「你上哪兒去？」

我說我不上哪兒去。他很高興：

「那正好。我跟你。你這會兒沒什麼事吧？」

我當然也願意。我們倆這就一塊兒走著。他比我高著一個腦袋，和我說話的時候他就老是彎著脖子湊近我，仿佛挺恭敬似的。他問候我奶奶，還說我奶奶真是一個好人。他認為我家裡的人都不壞。他覺得我們班上的人也都是些好角色，尤其是我。

「嗯！」我不相信。

「真的，我可不是瞎奉承……」

「你吃花紅不吃？」

就這麼著，我們開始友好起來了。他一面吃著糖果，一面淨說我這個人不錯。我問：

「那你怎麼知道？」

「我怎麼不知道！」他瞧了瞧我。「你什麼都挺好的。你還有挺好的本領，我知道。」

「挺好的本領？」我奇怪起來。「什麼本領？」

「反正我明白。」

這麼說著，我們倆就不知不覺走進了百貨大樓。我又說：

「你什麼也不明白。」

「嗯！」

「你倒說說。」

「別，別，」他對我使了一個眼色。

我們在人堆裡穿著，逛了好一陣才出來。

你們當然想像得到：那裡面不單是有楊拴兒感興趣的東西，而且也免不了有王葆感興趣的東西——例如那一副望遠鏡……

望遠鏡！——我手裡可不就冒出了那麼一副！

我趕緊把它往兜兒裡塞，急切裡簡直塞它不進。我偷偷地瞧一眼楊拴兒。楊拴兒衝著我微笑了一下，——這微笑裡帶著幾分羨慕，又帶著幾分敬意。

「行！」他悄悄地對我翹翹大拇指。「真行！」

「什麼？」

「你別瞞我了，」他在我耳朵邊搗鬼。「我早就看出你有這行本領來了，只是我可還沒想到你的手段有這麼高。……」

我滿臉發燙：

「什麼！胡說八道的！」

我想立刻走開。可是楊拴兒拽住了我：

「別害怕，王葆。別害怕。我的確是真心誠意……」

「什麼真心誠意！」

「呃，王葆你聽我說，你聽我說，」楊拴兒真的很著急。「王葆，我得把我心裡的話告訴你。……咱們往那邊走吧。我得好好兒跟你商量一件事。」

「就在這兒說吧，」我站住了。「什麼事？」

楊拴兒四面瞧了瞧，才小聲兒問：

「你知道我幹麼要跑出來？」

我搖搖頭。

楊拴兒就告訴我，他是從他現在的學校裡溜出來的——誰也沒發現，他家裡也不知道。他並且還說：

「我溜出來是為了要找你。」

「找我！」我打了個寒噤。「什麼意思，這是？」

於是他老老實實把他的情況講給我聽。他說，他本來在那裡學習得好好兒的，可是後來——就是這兩天的事——他非常羨慕我目前的這種生活，他可就再也不願意在那裡待下去了，他覺著那裡怪沒意思的了。他講到這裡就興奮起來，聲音也提高了些：

「我幹麼要那麼傻！我以前不過是稍微幹了那麼一兩回，別人可就嚷開了，說楊拴兒手腳不乾淨。我爸爸要把我攆出去。我叔叔也罵我。大夥兒還得讓我改過，讓我規規矩矩從頭學習去。可是你呢？」

「我怎麼了？」

「哼，你呢，你如今得了那麼多玩意兒，可一點什麼事兒也沒有。街坊還都說你是個好孩子。你奶奶還淨誇你，說你是個好學生。其實你——嗯，比我不知厲害到哪去了：你幹的淨是些大買賣，比我大得多……？」

我可實在忍不住了，打斷了他的話：

「什麼話呀，你說的！什麼買賣不買賣！」

我掉臉就走。

「哎，怎麼了！」楊拴兒追了上來，一把拽住了我的胳膊肘。「別裝蒜了吧，王葆。你當我不知道你幹的什麼事兒呀？我老實告訴你吧，打從星期日那天晚上起——那天晚上我遇見了你，我就看出來了。」

「看出了什麼？」我嚇了一大跳，右手不由得暗暗地去按住了兜兒。

楊拴兒瞧著我笑了一下：

「王葆，你別把別人都當做傻瓜。我楊拴兒雖說沒有你那麼好的本領，我可也到底幹過那一手來的。你那桶裡的金魚是哪兒來的，你蒙得住你同學，可逃不了我的眼睛。我打那會兒起，就拼命打聽你的事。」

我這才知道，原來楊拴兒一直在那裡注意著我的成就。他知道我屋子裡老是不斷地有新東西添出來——連我自己也記不清有些什麼了，現在他可一件一件的都數得清清楚楚，好像是我的保管員似的。他一方面非常眼饞，一方面又非常佩服我。這麼著，他就打定主意要跟我交朋友，要跟我合夥。

「只要你不嫌棄，那咱們倆——」他拿手指頭點點我的胸脯，又點點他自己的胸脯，「咱們倆結個金蘭之交：不願同年同月同日生，只願同年同月同日死。」

我一時沒聽懂他的話，正在發愣，楊拴兒又說：

「我是有心要拜你為兄——論年紀我雖說癡長幾歲，論手段你可該做大哥。你是龍頭：你叫小弟幹啥就幹啥，赴湯蹈火，在所不辭……」

「什麼呀？」我簡直沒法兒領會他的意思。「你說的什麼？」

二十七

楊拴兒又和我談了老半天，我這才摸清了他的意思。

原來這只是一個誤會。他以為我得到的那些個東西，都是來路不正當的。那也難怪。他當然不明白我現在的情況。他不知道我已經是一個特殊幸福的人了，能夠要什麼就有什麼，都可以給變出來。我完全有權利享有這些東西，絲毫沒有什麼不正當。

他雖然那麼誤解了我，可是他倒的確是打心底裡佩服我的。你瞧，他專心誠意要跟我交朋友，就寧願從他學校裡溜出來找我，這一片好意難道不令人感動麼？——只是他認錯了人。

可是，這一切怎麼能告訴他呢？我怎麼跟他解釋呢？

所以我只是勸他回他學校裡去，別三心二意的。我還對他講了一些大道理，因為我沒有別的什麼話可以說。我說明一個青年必須學習，因為學習對於一個青年有無比的重要性。他楊拴兒既然是一個青年，那麼就應當回去學習，而不應當溜出來不學習。最後，我希望他能把我的意見好好想一下，說不定可以在思想上提高一步。

可是他有他的見解。他說：

「我要是沒有別的門路，那我當然——，沒的說，只好乖乖兒的去學好，去讀書。可是一有了別的門路——比如說，能跟上你這麼一位角色，咱們就能過上自由自在的好日子，那我——你想想，那我又何苦再圈在學校裡傻學習呢！我如今特為來找你，我豁出去了。……」

「呃呃！」我不讓楊拴兒再往下說。「你別把我誤會了，我可不是……」

「你是真人不露相，我知道，」他親切地拍拍我的肩膀。「可是咱們哥兒倆——這，這！」他怪裡怪氣地翹翹下巴，還揚了一下眉毛。「你剛才小小兒露了那麼一手——可真，呵！神不知鬼不覺，連我也沒看出你在哪兒做了手腳。我對你只有四個字：五，體，投，地。這是真話。」

接著楊拴兒還讚不絕口，認為我的本領簡直賽得上什麼「草上飛」。他還說，我這號人物兒該有個名副其實的稱號，可以叫做「如意手」，再不然就叫「通天臂」。

你瞧！就這麼著，跟他實在說不到一塊兒。他說的那一套又還有些我聽不大懂的。我急了，再三勸他別跟我，跟了我沒好處。他也急了，紅著臉直賭咒，說他並不是鬧著玩兒的：

「我要有半句戲言，立刻就五雷轟頂！」

我們站著談一陣兒，又走一段兒（怕路上的人注意我們）。然後又站著談一會兒。

時候可已經不早了。我就說：

「咱們以後再討論，行不行？我勸你還是先回你學校裡去……」

「不行了，」楊拴兒忽然垂頭喪氣的。「學校我可回不去了。我也回不了家。我沒路可走了。」

「那你……」我也覺得十分為難，不知道要怎麼往下說。

「住的地方倒還好辦，什麼角落兒裡都成。可是沒得吃的。我身上一個大子兒也沒有。」

「嘖，你瞧你！」我忍不住要怪他。「可怎麼辦呢？」

「可怎麼辦呢？」

停了一會，他才又告訴我：

「我連晚飯都還沒著落呢。」

怎麼，原來他還是餓著肚子找我來的！——

「嗨，你不早說！」

於是我拉著他上了夜宵店，讓他吃了一個飽（反正我兜兒裡隨時可以變出錢來）。他可高興了，一面吃著，一面談著，還喝了兩杯白酒。我們走出店門以後，他就問：

「王葆，你會抽煙不會？」

「誰會那個！」

「我教你，好不好？」

「誰學那個！」

「可我真想抽兩口兒，怎麼辦呢？請請我吧。」

我不同意。

他嘆了一口氣，說：

「我可真摸你不透。你一會兒那麼大方，一會兒又那麼小器。」

「嗯，我小器呀？我只是……」

「噢，我知道了！」他兩手在肚子上一拍。「敢情你是要讓我自己來想辦法。你想要試試我的手段，看我夠不夠得上做你的小兄弟，是不是？」

「什麼……」我還沒聽明白他的話，從他的舉動裡可看出他的意思來了：他想要去偷！

我使勁拉住他的膀子：

「那可不行！你還是學生呢。我可不許你……」

「呃呃呃，」他悄悄地掙扎著，「瞧我的，瞧我的。」

「不害羞麼，你！」我幾乎拽他不住。「我嚷了，噢！」

我真是有點兒著急。心想，這麼著倒還不如給他買一包了。我覺得我有責任來制止他那種不正當的行為。……

我剛這麼一轉念，手上就突然出現了一盒雙喜牌的紙煙，要藏都來不及藏。

楊拴兒可鼓起了一雙眼睛把我傻盯著，好一會兒說不出話來。

「真可惡！」我暗暗地罵著寶葫蘆，恨不得有個地縫好鑽進去。

忽然我覺著我的手給人抓住了，——那是楊拴兒，他親親熱熱地捧著我的手，

壓著嗓子叫：

「真是真是！……嘖，如意手！我這才知道，是你自個兒要露一露……」

「別瞎鬧！」

他腳一跺：

「孫子跟你瞎鬧！我知道我剛才錯了：我太不自量了。我只是要尊你為兄，其實我還不配。我得——我得——要是你不嫌棄，我得拜你為師。」

他還賭咒說，他從來沒見過一位像我這麼高的本領的，只不過在劍俠小說或是偵探小說裡讀到過一些。這回——

「這回可給我訪著了！」

我哀求他別往下說。他可越說越來勁。

我要走開。他可老是跟著我。

同志們！假如你們做了我，不知道你們會有怎麼樣個感覺。當時我只是覺著熱得難受，脊背上還好像有什麼蟲子在那裡爬似的。

其實我這個人並不難說話：誰要是說我本領好，說我有成績，我倒沒有意見。我也並不太討厭人家讚揚我。可是現在——瞧瞧我！——一身的白毛汗！

我這才知道，受人讚揚也不一定就很舒服：這得看看讚揚你的是哪一號人，所讚揚的是哪一號事兒。

我還是得想個法子脫身：

「對不起，咱們可不能多談了。我還有點兒事。」

楊拴兒挺熱心地問：

「什麼事？要不要我幫忙？」

「我是——我是——我得去看電影，」我想出了這麼個理由。「我跟鄭小登約好了的。票都早買了。」

這總不能再跟著我了吧。

他問明是什麼電影院，哪一場（我胡謅了一套），他就拉著我的手：

「走，我送你到門口。」

接著他嘆了一口氣，又說：

「我知道你瞧我不起，我知道。」

我沒言語。

二十八

我們走著走著——這可好了，我可以和他分手了。楊拴兒還想要約日子和我見面。

「明兒我來找你？」

「不行，明兒我們恐怕得考數學了。」

「呵，考數學！考好了又怎麼樣？要是我做了你……」

「呃，瞧瞧這個！」我打斷了他的話，向路邊一個「無人管理售書處」的櫃子走去。他只好住了嘴，跟著我走。

本來我只不過是為了打打岔的。可是一走到書櫃跟前，我就不由得也注意起那些陳列品來了。頂吸引我的是一本《地窖人影》——封面是黑咕隆咚的一片，仔細一看，才發現這裡面還有個黑影子，而角落裡有一隻亮堂堂的手，抓著一支亮晶晶的手槍對著那中間。

還有一本可更有吸引力，叫做《暗號000，000！》畫著一個又醜又凶的人和一個又凶又醜的人在街上走著，互相做著鬼臉——一瞧就可以斷定那是兩個壞蛋。我想：

「要是給我遇見了，我準也能破獲這些個暗藏的匪徒。這麼著，公安工作可就省事多了。」

我忍不住要瞧一瞧楊拴兒的臉——想要看看這號人的臉是不是也有顯著與眾不同的地方，好讓大夥兒一看就能毫無錯誤地斷定他……

我正想著，忽然——不知道什麼時候從什麼地方來的——打我身後鑽出了一個小男孩兒，扒在書櫃上一瞧，就叫起來：

「喲，沒了！」

「啊？」——在我後面忽然也發出了一聲叫，就又鑽出一個小姑娘來，頂多不過像小珍兒那麼大。「我瞧瞧，我瞧瞧——嗯！這不是？」

於是他倆歡天喜地地打櫃裡拿出一本連環畫來。小男孩兒把錢數好，要投到收款箱裡去，女孩兒可攔住了他：

「數對了沒有？」

「沒錯，你瞧，沒錯。還多給了兩分呢。媽媽說，沒零錢了，就多給兩分吧，媽媽說。」

小姑娘把錢接過來數了一遍，才投到了錢箱裡。他倆又仔細瞧了瞧口子，看見的確是全數給裝了進去了，這就連蹦帶跳地跑開了。

我們也就轉身走開。我一面眼送著那跑著的倆孩子，一面慢慢走著。才走不了幾步，我手上就一下子冒出了兩本嶄新的書——就是剛才頂吸引我的那兩本。

我臉上又是一陣發燙，瞟了楊拴兒一眼。他恰恰正瞧著我，那眼神可有點兒古怪：好像是有點兒看我不起，又好像有點兒可憐我似的。

「王葆，這可不光彩。」

我簡直傻了。一句話也說不出，站在那裡一動也不動。

「咱們快走吧，」楊拴兒悄悄碰我胳膊一下。「別站在這兒丟人！」

「這書——這不是那裡面的，是我自己……」

他不理我的話，只是把嘴角那麼咧著點兒，像笑又不像笑。過了會兒他才開口：

「你一直瞧我不起，我知道。可是我就算再怎麼下流，就算本領再怎麼不行，我可也不幹這個。它這是「無人管理」，就是信得過你，你怎麼能在這兒使這個

手段？這算是什麼人品？咱們這一行也有咱們這一行的人品。你就是發個狠心把這兒的東西全都拿到了手，這又算什麼好漢，我問你？」

我可真想要跳起來嚷起來，和他大吵一場。可是我沒那麼辦。我想把這兩本書扔掉，不過也沒有扔。我只是加快了步子。三步兩腳一趕，就到了目的地：過街就是我講的那家電影院了。

楊拴兒可還拽住不讓我走：

「還有一句話。……王葆，我算是知道你了，今兒個。」

他瞧瞧我。我瞧瞧他。他可又說了：

「唔，不錯，你好，你有錢兒，你還有好名聲——可是你得給我想想了吧。我可怎麼辦，你說？我明兒還得去找吃的喝的呢。」

這裡他住了嘴，老盯著我。然後拿手背拍拍我的胸脯：

「怎麼樣，老兄？」

我倒退了一步：

「什麼『怎麼樣』？你要幹麼？」

「您不懂？」他攤開了一個手掌。「幫幫忙，請您。」

「你要什麼？」

「不要什麼，只要倆錢兒。」

我心裡可實在生氣：

「什麼『倆錢兒』！這是什麼態度！」

可是你又不能不管他：他要是真挨了餓可怎麼辦？我這就在兜兒掏摸著，一面暗暗吩咐了寶葫蘆一句，就掏出了一張人民幣。

「五圓？」他接到手裡一瞧。「別是鬧錯了吧？」

「沒錯。」

「謝謝。你這個人倒還夠朋友，」他拍拍我的胳膊。「回見。」

我正要過街去，楊拴兒忽然又打了回頭：

「王葆，你生我的氣了吧，剛才？我的確太說重了點兒，請你別見怪。我可是還得勸你：往後別再在『無人管理』處露這一手兒了。」

你們聽聽！他倒彷彿挺正派似的！可是我並沒有答辯。他又說了些什麼——左右不過是那麼些個話——這才抬了抬手，「回見。」

我於是鬆了一口氣，剛要跑——楊拴兒又回來了。

「王葆，還有一句話。」

他拉著我的手陪我過街去，一面小聲兒告訴我說，我要是有了什麼事，儘管找他就是：他準給我幫忙。

我知道這是他又跟我友好起來了。他一直把我送到電影院的進場口。我得感謝他的這片好意。可是我本來並沒打算真的跑去看電影，我也沒有票。現在——嗯，你還有什麼辦法，只好硬著頭皮走進去。

「也好，」我心說，「反正這會兒回不了家：小珍兒他們準等著我呢。寶葫蘆！給我一張票！」

二十九

我進了場子。我耳朵裡好像一直還響著楊拴兒的話聲。我使勁晃了晃腦袋，讓自己清醒一下，才聽出是場子裡有人嗡嗡嗡地說話。

我找到了我的座號之後，這才想起：

「放的是什麼片子，這一場？」

後面一排有幾個人在那裡議論著一個什麼故事，講得津津有味，——可不知道是不是這部片子的故事。我回過頭去瞧瞧，無意中瞥見場子門口走進了好些個人，中間有一位很像是老大姐。

「難道就這麼巧？……」

不知道為什麼，我心裡有點兒發慌。我趕快轉過臉來，低著腦袋翻我手裡的書，好像要準備考試似的。

「咦，王葆！」——忽然有人喊我，彷彿就在我耳朵邊。

我側過臉去一瞧，可就——我自己也不知道是由於吃驚呢，還是由於禮貌的緣故——我猛地站了起來：

「老大姐！」

這就是說，她已經發現了我，和我面對面招呼起來了。

並且她的座位——不前不後剛好正在我的旁邊！我瞧著她，十分納悶。她也瞧著我，十分納悶。

「你的座位也在這兒？」她倒問起我來了。「你的是幾號？！」

「沒錯。你瞧，」我看看手上的副票，又看看椅背上的號碼。

「怎麼，你的也是十二排八號？那可重複了！」

「什麼重複？」

「鄭小登的票子也是這個座號。」

「怎麼！鄭小登……」我急忙四面瞧著找著。

「小登買東西去了，一會兒就來。票在他身上。可怎麼……」

我把手一拍：

「噢，我明白了！」

「明白了什麼？」

「沒什麼！」——我掉臉就往外跑，頭也不回。我逆著那些走進場的人們，連鑽帶拱地往門口擠。哪怕有人很不滿意我，「瞧這孩子！」我也不管。別人回過臉來瞧我，我可不瞧他。

我從門口驗票員手裡拿到了一張票根，就連忙一拱腰，對準一個迎面來的大個兒肋窩下一鑽，來到了場子外面。

「鄭小登！」

鄭小登正在那裡滿身的掏口袋呢。

「哈，王葆！你也來了？」

「哪，這兒。你的票。」

「怎麼回事，怎麼回事？怎麼你……」

「快進去，別嗦！要開映了！」

我把鄭小登往門裡一推——他拉我的手都沒拉住。

我走了出來。掏出手絹來擦了擦臉上的汗。這時候我才有工夫弄明白今天開映的是什麼片子。原來叫做《花果山》。

可惜已經「本場客滿」了。

「這準是一部好電影，挺有趣的。」我估計著。

「可是注意，我可並沒說我想要去看！」我趕緊對自己聲明。

「我才不想看呢。我想散步，。我慢慢兒走回家去。」

街上還是很熱鬧。那些店鋪都還不打算休息，還把許多許多誘人的東西排列在通明透亮的櫃檯裡，引得人們不斷地出出進進。

可是我瞧也不敢瞧它一眼，免得添麻煩——讓我手裡又堆滿了什麼盒兒呀包兒的。

「唉，我真不自由！」

寶葫蘆在我兜兒裡說：

「怕什麼！你吃不了兜著走，兜不走的我給搬家去。」

話是不錯。可是我要那麼多玩意兒幹麼呢？

當然，有些個東西我瞧著也還喜歡。可是我一喜歡，立刻就照樣有這麼一件東西來到了我手上或是放到了我屋裡——來得那麼容易，那麼多，讓我吃不了，用不完，玩不盡，那反倒沒有什麼意思了。

我自問自：

「那麼我到底還該要些什麼，這輩子？」

答不上。

如今說也奇怪，我的東西都也像我的時間一樣：不需要。這已經多得叫我沒法兒處理了。我好像一個吃撐了的人似的，一瞧見什麼吃的就膩味。

因此我就昂著腦袋，直著脖子，目不斜視地走著。雖然有時候總不免要惦記到那些鋪面，腦子裡不免要浮起一些東西來，可是我自己相信：

「我基本上做到了……」

「格咕嚕！」

我不理會，仍舊一聲不吭地走著。我不打算跟寶葫蘆講什麼，反正講也白講。我只是心裡說要防著它點兒。

「幹麼要防著我？」寶葫蘆忽然發問。

「不跟你談。」

「幹麼不跟我談？」

「唵，就是不跟你談，」我說。「反正，你挺什麼的：你思想不對頭。」

「怎麼不對頭？」它又問。等了會兒，見我不開口，它就自己回答：「沒一處不對頭。」

它的意思總還是那句老話：它是按照我的意圖辦事的，可是我老不肯承認這一點。因此它十分痛心。它說：

「其實呢，當時你心裡的確是那麼轉念頭來的——你自己也許還不很了然，我倒是明白你的心眼兒。我還知道，你照那麼想下去，想下去，就會要怎麼樣。什麼樣的秧兒長成什麼樣的樹。」

「哈，不錯！所以你就淨把大樹給搬來了？」

「對，我讓你直接達到那個最後的目的——大樹。」

不對，我說。究竟秧兒是秧兒，樹是樹，可不是一個東西。幹麼淨把那些個大樹栽到我頭上？有時候有些個玩意兒——

「不錯，我瞧著好，喜歡。可並不一定就要歸我——我可沒有那麼個目的。」

這個寶貝可只說它的寶貝道理：

「你既然喜歡它，就得讓它歸你。就該是這麼個目的——不然你幹麼要白喜歡它一場？」

停了會兒它又說：

「這全是為你打算。」

你瞧，說來說去可又繞到了這句老話！

不談了！我也不跟它提意見。你們知道，它雖然有些行為不大正派，它那個主觀意圖可總是好的。難道我還忍心責備它麼？並且——

「我就是把它批評一頓，它可也改不了。它要是改得了——嗯，它一改可就不成個寶葫蘆了。」

可是現在我又忍不住要想到這幾天所發生的麻煩。真是！我得把這兩天的經驗教訓好好兒想它一想呢。

「這寶葫蘆——可別老把它這麼裝在我兜兒裡帶著走了。」

我得出了這麼個結論。「有時我得把它擱在家裡不帶出來，就不礙事了。比如說明兒個……」

明兒個？——明兒個興許真的要考數學呢。

「那麼後兒個？」我跟自己討論著。「可是地理呢？後兒個會不會考？」

別忙吧，還是。過了這幾天再說吧。

好在問題是已經解決了，有了辦法了。於是我就甩著膀子，踏著大步，興沖沖地回了家。

同志們！我現在可以公開宣布：從此以後，我這種特殊幸福的生活就不會有什麼不方便的地方了。往後——哪，我一想要什麼了，我就帶著寶葫蘆。我不想要什麼了，就請它待在家裡休息休息，省省力氣。這麼著，我在學校裡就照舊可以和同學們下棋，照舊也可以打百分兒。什麼活動也沒有問題，我都能參加，都能正常進行。

我還想：

「要是我不帶著它，我就還能自己來做點什麼玩意兒。做粘土工也行，做木工也行。還有滑翔機——嗯，我要是不回科學小組，我就參加飛機模型小組的活動去。……」

我一面這麼高高興興地計畫著，一面走進我的房間——剛一邁進門，還沒來得及開燈呢，腳底下就絆著個什麼玩意兒，叭的摔了一跤。同時還有一件什麼大東西倒下了地，「眶啷！」的一聲。我的四肢也就仿佛給什麼嵌住鉗住了似的，一下子抽不動。

「又碰見什麼了，這是？」

我好容易才把我的胳膊清理出來。其次再清理我的腿子。我這才能夠欠起身子——開了燈。我失聲叫了起來：

「呵呀可了不得！」

三十

現在我才鬧明白，地下躺著的原來是一輛嶄新的自行車——天津出品的。剛才把我給絆倒的就是它。我站起來要邁步，前面可又有個大東西擋住去路：這是個大匣兒，足足有凳子那麼高，上面寫著「五燈交流收音播唱片兩用機」，是上海製造的。

其實，這並沒有什麼奇怪。打從我得了寶葫蘆，就時時刻刻會有一些個新添置——不是給放在我手上，就是給安頓在家裡。我必須瞧見了這些東西之後，才明白我自己當時想的是些什麼。可是從來還沒有這麼挺老重挺老大的玩意兒出現過呢。

我不知道這到底是由於寶葫蘆的魔力越練越強了呢，還是由於我自己——是不是我的這號欲望越滿足就越漲高了，就專愛在這些大傢伙身上轉念頭了？或者是，這兩個原由都有那麼點兒吧？

我發了愣。起先是吃驚。接著是高興。後來就覺得有一點兒問題。

「東西可真是好東西，」我不能不承認。「可是我拿它怎麼辦呢，在這屋裡？要是給奶奶瞧見……」

我正在這裡搔頭皮考慮，可不遲不早——奶奶就過來了。

「怎麼了，小葆？摔了？」

「沒什麼沒什麼。你做你的事去吧。」

可是已經攔不住了。

「喲！哪來的自行車？」奶奶一到房門口就站住了。「還有什麼，那個？那是——唔，這些都哪來的，小葆？」

「啊？」

「是誰的？是你哪個同學買的吧？」

「可不是。」

「誰買的？怎麼擱在你這兒？」

「你說呢？」

可巧正在這時候，爸爸也家來了。爸爸當然也免不了吃一驚。可是一經奶奶說明——說是我同學買了擱在這兒的，爸爸就刨根究底地考起我來。這是誰的，那是誰的，姓什麼叫什麼，這樣那樣的。

同志們！這可叫我怎麼辦呢，你說？我只好把自行車算做是鄭小登買的。收音機呢，就說是我們隊部購置的東西。我一面這麼回答爸爸的話，一面臉上發燒。嗓子也越來越發啞。我恨不得叫起來——

「爸爸，別問了，爸爸！你一問，我就只能和寶葫蘆站在一邊，倒把你當做了外人——我的爸爸呀！」

可是，我越是為難，越是結里結巴，爸爸就越是問得緊。

「他新買的車幹麼要放在這兒？」

「我——我——他讓我學騎。」

「牌照還沒領呢，就先讓你學騎？他幹麼那麼性急？」

「誰知道！他淨這麼著。」

「這架收音機呢？」

於是問題又是一大串。從收音機問到了那隻花瓶，順帶還提到了那個陶瓷娃娃。然後又問起那架電磁起重機的來歷。

爸爸聽了我的回答之後，就說：

「哦？同學們都委託你給保管東西？你得給保管這麼多？」

奶奶插嘴：

「別瞧他小，他同學可相信他呢。」

「可是他攬的事情也太多了，」爸爸瞧瞧這樣，瞧瞧那樣。「還有這十幾盆花——趕明兒送回你學校裡去吧，免得都給你糟蹋掉。」

「是，」我應著。

爸爸又四面看看——不知道是不是又發現了什麼問題——似乎要說什麼，可又沒有開口。隨後他轉過臉來衝著我盯了好一會兒。

「小葆，」爸爸輕輕喊了一聲，停了一會。「你沒對我撒謊吧？」

「爸爸！……」我叫，可是說不下去了。我只是拼命咬住嘴唇，不讓眼淚淌出來。

奶奶在旁邊說了一句——

「小葆淘是淘，可從來不撒謊。」

不知道為什麼，我可再也忍不住了，「嗯」的一聲哭了起來。

三十一

這天晚上我好久好久沒睡著。

奶奶說的對，我從來不撒謊。可是現在——唉，奶奶你哪知道！——我跟爸爸也不能說真話了。

現在，越是親密的人，越是愛我的人，我就越是得提心吊膽地防著他。我也怕見我最想見的好朋友們和同學們。我還得躲開我最喜歡的孩子們。

要是這一切——真像那條黑金魚所說的那樣，不過是一些幻影，等於一個夢……

「那你可就輕鬆了，葆兒，」——忽然金魚缸裡有誰答碴兒。

「我不同意！」我叫起來。「那麼著，世界上只有我一個人是真的，只有我這麼一個人——嗯，孤零零的有什麼意思！」

我爬起來坐著，披上了衣服。

對，這世界上該有愛我的人，該有和我要好的人。他們都得是實實在在的真人，並不是什麼幻影。他們得真正和我生活在一塊兒。……

「那更沒意思，葆兒，」黑金魚衝著我搖搖頭。

「為什麼？」

「那麼著，你就得一天到晚緊張著，生怕洩露你那個寶葫蘆的祕密。那可不是更彆扭？」

「胡說！」我嚷。「才不會呢！」

「是，無論誰，你都得提防著他。誰都成了你的對頭。你這一邊可只有你一個人……」

我趕快捂著耳朵：

「不聽你的不聽你的不聽你的！」

可是我心裡其實也不能不承認，這愛管閒事的黑金魚倒的確有一點兒說得對。正因為它

有那麼點兒說得對，所以我就有那麼點兒受不了，不愛聽。

「我看，最好是這麼著，」有一條眼睛上掛著繡球的金魚游到了黑金魚旁邊，發表起意見來。「把世界上的一切——人也好，物件也好，事情也好，都給分成兩類。一類該是實實在在的東西，真有那麼回事：比如說蘋果吧，那就得是真的蘋果，那吃起來才有個意思。還有一類呢，那可是惹你麻煩的東西，拿它不好辦，那它就得是幻影，根本沒那麼回事。這兩類東西一分清楚，問題就解決了。」

黑金魚偏著腦袋想了一想，問：

「那麼，哪些個東西該放到第一類，哪些個東西該放到第二類呢？蘋果當然不成問題……」

「還有奶油炸糕！」忽然那條滿身鑲珠子的金魚也擠了進來。「那麼又甜又香，一到嘴就化，——要不是實實在在的真炸糕才怪呢。還有冰糖葫蘆……」

「別搗亂！」黑金魚腦袋一晃。「人家談正經話呢。例如吧，鄭小登——呃，該把他歸到哪一類呢？還有小珍兒他們呢，要怎麼算才合適呢？」

你們聽聽！多討厭！它們待在魚缸裡沒事兒幹，淨拿我閒磕牙！我可理也不理，只裝沒聽見。

那條黑金魚又繼續說：

「這會兒你固然覺著好朋友少不得，他們都得是實實在在的真有其人才好。待會兒你可又忽然生怕見他們的面，躲他們都躲不及，你就唯願這是一個夢了。這麼一來，就太不容易分類了。」

「那也有辦法，」繡球眼睛又出了個主意。「這麼著吧：無論是一個什麼東西，無論是一件什麼事情——有時候也可以把它歸到這一類，有時候也可以把它歸到那一類：隨你高興。你高興把它算做真的，它就是真的。你高興把它算做幻影，它就是幻影。這不好麼？」

「好是好，」我心裡想，「不過——哼，世界上哪有那麼方便的事，你說算什麼就是什麼。」

我自己這麼一動腦筋，就來不及好好注意金魚們的話了——不知道它們說到了哪裡了。現在只聽見鑲珠子的金魚在那裡小聲兒問：

「呃呃，這輛自行車到底是不是真的，你說？它瞧著那麼好，別只是一個幻影吧，啊？」

「那得問王葆。」

「什麼？」我不得不開口了。「別問我。我也不知道。」

這時候我兜兒裡可發出了聲音來：

「王葆你真的不知道？你別聽它們嚼舌根了吧！這輛自行車——你倒騎上去試試看，看它是不是一輛真車，還只是一個幻影？難道我會弄一些幻影來哄你麼？——我寶葫蘆難道就那麼無聊了？」

它停了一停，又說：

「請你相信我吧：凡是我給你辦來的這些個東西，可沒有一件不是道道地地的真貨色。只是你要什麼就有什麼，到手得太容易了，你就覺得世界上的東西都是照你的心意幻變出來的了。」

我聽寶葫蘆這麼一講，腦子才清醒了一些。我想：好，明天更得帶著這個寶葫蘆上學了。

三十二

第二天我照常上學校去。我還是得照常和同學們在一塊兒，——這真叫我又高興，又擔心。我只是去得比平日稍為晚一點兒：一到就趕上上課，免得同學們纏著我問東問西。第一節課一下課，我趕緊就溜出了教室。

「王葆！」忽然鄭小登把我喊住。「你昨天丟了什麼東西沒有？」

我嚇了一跳，簡直不知道他說的什麼。

「你可真粗心大意！」鄭小登批評我。「你昨天買了些什麼，你忘了麼？後來在電影院……」

我這才猛地記起，我在電影院里落下了那副望遠鏡和兩本新書——鄭小登今天都給帶來了（原來是老大姐撿起了讓他帶來的）。

「哪，這兒，」他掏著他的書包。「咦！」他越掏越著急，爽性把書包裡的東西全都給抖摟了出來。「怎麼回事？沒了！」

他開始滿處找了起來，找得連我也心裡直發毛：

「算了吧，算了吧！」

「那不行。」

他還讓我幫他找呢。一方面他嚷了開來。……

可是正在這個時候——唉，真是叫做一波未平，一波又起——有幾個同學在教室角落裡鬧嚷嚷地議論起什麼來了。一打聽，原來又是圖書館小組出了事。

據蕭泯生告訴我，圖書館小組收到了一個郵件——就是那一冊忽然不見了的《科學畫報》合訂本，也不知道是誰在哪兒撿了寄來的。

「你說奇怪吧？」

「什麼！」我吃了一驚。「那個那個——，奇怪。」

「你說這是誰呢？」

「什麼！」我又吃了一驚。「那個那個——，誰呢？」

「可是剛才——就是下課的那一會兒，一找，又不見了。你說……」

「怎麼！……」我差點兒沒跳了起來。

這時候大家都忙著找書，都嚷著「奇怪」「奇怪」。

好在不大一會兒，就又上課了。這一堂真的是考數學，我們料得對。這麼著，剛才鬧的問題就誰也不再放在心上，都專心地做答題去了。只有我還想著那些個不見了的東西——我知道，凡是出了怪事兒，總是和我的那個寶貝分不開的。

「真麻煩！它太什麼了，太……」

我心裡正要怪它太愛管閒事，可馬上又忍住了沒往下說——我一說，要是寶葫蘆就真的不敢再管閒事了，那——

「那我還得考數學呢，」我心裡趕緊說。「我現在正需要這幾道題目的答題。聽見了吧，我要答題。」

於是我盯著我面前的那張白紙。

漸漸的，紙面上現出一個青灰色的小點，慢慢兒在那裡移動。我定睛一看，仍舊是一張白紙。

「怎麼回事？」我霎霎眼睛。「幹麼還不來？它生我的氣了麼，這寶貝？」

現在教室裡可靜極了。聽得見同學們的呼吸聲，還有鉛筆劃在紙上的聲音。我不知道劉先生——我們的數學教師，又是我們的班主任——還是坐在那兒呢，還是踱到窗子跟前去了：我簡直不敢抬起頭來瞧一瞧。

「劉先生與許正瞧著我呢，」我感覺到身上出了汗。我時不時地舔著鉛筆頭，在紙上虛劃著。

這麼著等了好久好久。什麼也沒等著。有一次，紙角上彷彿有了一個淡淡的什麼字，我向那裡一看，它可移到了紙外面去了：又是眼花，哼！

這可怎麼辦呢？

「是不是因為——是不是它忽然那個起來了，它忽然不靈了？」

我一想到這個，連我自己也吃了一驚。我這就屏住了氣，全神貫注地等它回答。

可是我只聽見我自己的心怦怦地跳。我就想……

嗯，我可不能想了。我得用腦筋來親自對付這幾道題目了。

「第一道……」我開始認真看起來。

同志們！要不要讓我把題目給你們抄下來？抄下來大夥兒研究研究，就等於上了一堂數學課，那才起教育作用呢。是不是？

同志們！依我說呀，要是一個故事裡面真能把數學難題都給解答了出來，還把這門那門功課上的種種問題，工作方法上的種種問題，也都給解決好，那夠多好哇！那，咱們只要聽了這麼一個故事，就什麼都學到了，再也用不著進學校了。……

怎麼，你們不同意？——也對，趕咱們自習的時候再研究。現在講故事歸講故事。

且再說我這回考數學的情形。

這的確有一點兒糟心。一個有寶葫蘆的人居然也會遇到這樣的事，那我可沒有意想到。老實說吧，我對數學這門功課本來就有意見，。它從來不肯讓人爽爽快快解決問題，老是那麼彆彆扭扭的。可巧這幾天我偏偏又沒準備好——這不怪我：這幾天我一直忙著，哪來的工夫！

今天可忽然一下子——嗯，要讓我自己來思索這號答案了！

「寶葫蘆哇，寶葫蘆哇！」我心裡叫著。「唉！」

這時候忽然聽見一陣紙響，有誰從座位上離開了——去交了卷。接著又有幾個。

「三個了，」我數著。「哼，又是一個！」

我正在這裡著急，正有點兒感到失望，可突然覺著我眼面前的世界變了樣子。我眼面前的那張白紙——本來顯得又白，又大，又空空洞洞的，現在一下子可滿是一些鉛筆字——寫上了這幾道題的答案。

「哈！」我又吃驚，又高興，真恨不得跳起來。

原來我那寶葫蘆並沒有失效！仍然有魔力，仍然可以給我辦事！這——呵！還有什麼說的！

我趕緊寫上名字，去交了卷。

三十三

我剛去交卷的時候，我們教室裡就出了一件奇事：蘇鳴鳳（他坐在我前面一個位子）的試卷已經答好了，可是忽然一下子不見了。

誰都覺著古怪。

可可兒的在這個時候，劉先生偶然一下子瞥見了我剛才交去的試卷。他吃了一驚。說也奇怪，我卷子上寫的一點也不像是我的字，倒很像是蘇鳴鳳的字。劉先生再仔細看看——其實根本用不著那麼仔細，一眼就可以辨別出來。

同志們！你們沒瞧見過蘇鳴鳳的字吧？嗨，蘇鳴鳳這個人真是！——真猜不透他那筆字到底是怎麼寫出來的，那麼怪頭怪腦！你乍一看，還當這盡是些反面字呢，可實在是正面。哪，都這樣：一個個字淨愛把上身斜衝著西北方（按照地圖的方向），而把腳跟拐到東南方去。真是成問題！

當時我要是稍為檢查一下，我就決不肯把這份卷子交上去了。可是我恰巧沒工夫注意到這一點。

「這就是你的卷子麼？」劉先生問我。「怎麼不像你的字？」

我怎麼回答呢，同志們？所以我沒吭聲。

劉先生叫蘇鳴鳳把他的答題再在一張紙上寫一兩行，又叫我——

「王葆，你也寫一行給我看看。」

劉先生不過是想要對對我們倆的筆跡，我知道。可是這麼一來，實際上又是考我的數學！我可又得照著題目來思索，把鉛筆頭舔了又舔。

「你剛才怎麼做的，你全都忘了麼？」劉先生在我耳朵邊輕輕地問。

我簡直嚇一大跳。原來劉先生正站在我身後瞧著我寫呢。

「行了，」劉先生跟蘇鳴鳳說，因為蘇鳴鳳已經寫下了兩行了。

這時候大部分的同學都已經交了卷。他們雖然已經走出了教室，可都不去玩他們的，倒愛五個一堆七個一群地嘀咕著，往窗子裡面望著。

我自己知道——

「今兒的事可糟了，可糟了！唉，糟糕透了！」

果然。

大夥兒都議論紛紛，說是王葆做了一件不可思議的事——竟把別人的卷子拿去交了，當做他自己的成績。最不可解的是，王葆究竟怎麼能拿走？難道蘇鳴鳳睡著了麼，當時？

「我的確不知道，」蘇鳴鳳說。「我剛寫好，剛要寫上名字，可忽然……」

「這可真古怪！問問王葆！」

（什麼？問我？那我可怎麼知道！）

「還有一點也想不通：王葆怎麼那麼大膽又那麼傻，拿了別人的卷子冒充是自己的？難道誰還看不出來麼？」

「王葆當時是怎麼個想法？」

（什麼？我當時怎麼個想法？那我可怎麼知道！）

連劉先生也鬧不明白。他只是找到我：

「王葆，我希望你能把這件事解釋清楚。」

「劉先生！」我叫。「我——我……」

「怎麼了，王葆？」

「這——這——我不會，劉先生。這件事太古怪了，我……」

「的確很古怪。所以更希望你能跟我說明一下。」

「可是現在不行。我有點兒頭暈⋯⋯」

「那麼什麼時候比較合適?下午?怎麼樣?」

劉先生就老是這麼盯著我。好,下午就下午吧!

可是一下了課,同學們就一窩蜂擁到了我跟前,七嘴八舌地問我是怎麼回事。

鄭小登兩隻手抱住我的肩膀:

「你幹麼不說話?」

我整理著書包裡的東西,不言聲。我知道他們都瞧著我,我腦袋抬也不抬。

「王葆,王葆,」姚俊搖搖我,「怎麼的了,你?啊?」

我一扭身就掙開了他的手:

「別!」

我這個動作的確未免太猛烈了點兒,害得書包裡都有東西抖摟了出來——

「叭!」的一聲掉到了地下。

「喲呵,《科學畫報》在你這兒!」蕭泯生大叫了起來。「我說呢!怎麼不見了!」

同時可又嘎噠一聲,有個什麼白東西落到了椅子上。

科学画报

「望遠鏡！」有人嚷。

鄭小登這才恍然大悟：

「噢，是你自己拿回去了？你幹麼不告訴我一聲兒？」

那些掉下的東西我可瞧也不瞧，也不去撿。我只把書包理了又理，把腦門子上的汗擦了又擦。後來才想起這該使手絹兒——我一掏，就有一張紙連帶跳出了兜兒：這是五圓的票子。

「咦，這哪來的？」連我自己也詫異了一下。「噢，昨晚給楊拴兒的那一張，準是。」

同學們還是擁在我跟前。

「王葆，我們希望能把這個問題鬧個明白。」

「王葆，難道說你……」

我一抽身就走。

「王葆！王葆！」同學們在後面叫。

我可頭也不回。越走越快，越走越快，就跑了起來。

三十四

我亂跑一陣，為的要躲開這些同學和朋友。

「可是待會兒怎麼辦？還回不回教室去了？」我一想到這個，心裡就發怵。別說回教室，就是在教室外面，我也沒有地方好待了。我無論走過哪幢屋子門口，可總有人在那裡衝著我望著，還指手劃腳的，好像是說：

「瞧這王葆！什麼毛病了，又是？」

我一踅到球場，又偏偏有高二一班（我們的友誼班）上的三個同學對面走過來。我連忙往東一拐避開，可猛不防碰到了一叢黃刺玫，落了我一頭一臉的小花瓣，斜對面屋角上兩隻喜鵲就大驚小怪地叫起來：

「啥啥！怎麼怎麼！」

於是我又氣鼓鼓地走開。到哪兒也不合適。就這麼走來走去，走出了學校的門。我的兩條腿彷彿沒法兒叫它休息，竟不知不覺地就出了城——到了釣魚的地方，也就是發現寶葫蘆的地方，這才停了步。

我打兜兒裡一把抓住了寶葫蘆，抽出來往地下一扔：

「你幹的好事！」

「過獎過獎，」寶葫蘆連忙回答，十分謙虛。「其實——呃咳，可算不了什麼，我只不過是做了我份內的事。承你好意……」

「呸！你以為我是表揚你麼？」

「你說這是『好事』……」

我忍不住冷笑一聲：

「哼！我說的是反話，懂了吧？還高興呢！」

「哦——原來是這麼回事，」寶葫蘆迎風晃動了兩下。「那我得勸你，你往後要是再說反話，最好預先聲明一下：『我要說反話了，注意！反話就不是正面話，別鬧錯了！』然後再說。你要是跟我鬧著玩兒，最好也早點兒交代清楚：『注意！這兒這一句是說的笑話，是逗樂的，是可以發笑的。』就不至於出錯兒。」

「幹麼要那麼麻煩？」

「唔，是得那麼著。要不，主題就不明顯，對我也就沒有什麼教育意義。」

「嗯，跟你說話還得費那麼多手續呢！我和我同學們說話，可從來不用那麼……」

寶葫蘆打斷了我的話：

「那當然，那當然。你們都是人，有人的頭腦，說的是人話，當然一聽就能領會，——除非說的不是人話。可是我呢，你就得特別照顧我一點兒。」

「那為什麼？你有什麼特權不是？」

「我——我可是個空腦瓜子，得依靠著別人的頭腦來過日子。所以你就得一件件都給我安排停當，告訴我哪兒該打哈哈，哪兒該綳著個臉，哪兒該被感動，而哪兒又簡直的是該深深地被感動，還是怎麼著。」

「哼，還讓你感動哩！」我又冷笑一聲。「今兒個出了那麼多糟心的事，害得我在學校裡都待不住了，你

可有什麼感覺沒有，我問你？」

「那麼你說，究竟我該怎麼去感覺吧？照規矩該怎麼感覺，我就怎麼去感覺就是。只要你吩咐一聲兒。」

「呃，我問你，」我蹲了下來，想好好兒跟我那寶葫蘆算一算帳。「今天你幹麼要讓我那麼丟臉？我考數學的時候你幹麼要那麼胡鬧？你幹了些什麼，你從實說！」

「那不是你自己吩咐的麼：你要那幾道的答題……」

「我可沒讓你去拿別人的成績來充數啊。」

「可是我只能用這個辦法來給你服務，」寶葫蘆平心靜氣地說著。「我沒學過數學，不能代你做答題，所以我就拿別人的來。我聽說蘇鳴鳳的數學挺棒，又坐得貼近，所以我就不慌不忙，耐心耐意地等著他把卷子全都寫齊備了，趁他還沒有寫上名字的當兒，我就……」

我嚷了起來：

「你知道這是一種什麼行為？」

「那我不知道，我沒研究過，」它滿不在乎地回答著我。「反正這些個玩意兒——考試卷子也好，地圖也好，什麼也好，都得打別人那兒去拿來……」

我一跳——

「什麼！這些東西——所有的東西——難道難道——呃，你怎麼說，都是拿的別人的？」

「不錯，都是。」

這一下子我可像聽到了一聲爆雷似的。我簡直傻了。腦子裡一窩蜂擁進了許多亂七八糟的東西：又是飛機模型，又是電磁起重機，又是粘土工的少年胸像，這樣那樣的——哼，原來全都是別人做出來的！

寶葫蘆答碴兒：

「是，是，都是這麼回事。你知道，我既不是工人，也不是農民，也不是藝術家，又不是園藝家——我只是一個寶貝。我當然做不出這些個玩意兒來，我只會把別人做好了的給你搬來。」

「那麼——那麼——」我又想起了一件作品，「那麼那一篇報告呢，我對鄭小登他們朗讀過的那篇報告呢？」

「也是別人寫的。」

「誰寫的？他叫什麼名字？趕明兒我得去訪問訪問，請他給講一講『怎樣做報告』。」

「那我可忘了是誰了。反正無論什麼東西——只要你一中意，我就給搬來，哪有工夫去記著它是誰做出來的！」

「那麼——那麼你給我變出的那些糖果呢？那些金魚呢？還有收音機，還有自行車，還有還有望遠鏡呢，比如說？」

「也都是打別人那兒拿來的。」

「錢呢？我昨兒花掉了的那些個錢呢？」

「也是。」

「啊，這麼著！」我一屁股坐到了地下。「你這你這！……」

我不知道要怎麼往下說了。

三十五

同志們！你們設想一下吧，我該多麼驚訝呀。我只知道我自己有這麼一種特殊的幸福，要什麼有什麼，可我從來沒研究過這些東西究竟是怎麼來的。反正這是寶葫蘆的事：它有的是魔力，難道還變不出玩意兒來？

可是，原來事情並不那麼簡單！

「這這！——嗯，可怎麼說得通呢！」

我忽然感覺到這個世界上的事簡直太奇怪，太不合理了。

寶葫蘆說：

「怎麼，你是不是嫌這些東西還不夠好？我還可以給挑更好的來。」

「滾你的！」我大叫一聲，把寶葫蘆一踢，它就滾了個七八尺遠。

我越想越來火，又追上去指著它的鼻子——不是鼻子，是它的蒂頭：

「你你！——」

氣得實在說不出話來了。我的本意是想要說：它既然沒這個本領變出東西來，那麼它自己早就該承認，早就該老老實實告訴我呀。它幹麼要去——要要……

「唉，我的確沒想到要跟你說，」寶葫蘆似乎也知道它自己不對了。「世界上這些東西是怎麼來的，我以為你準知道呢。」

「我怎麼會知道你那些個把戲！」

「怎麼，你真的不知道？」它仿佛有點詫異似的。

我沒理它。它又說：

「其實很簡單。是這樣的——」

於是它頭頭是道地講了起來。

哼，真虧它！——你道它講些什麼？——原來盡是些三歲孩子都知道的事情！它竟像托兒所裡的阿姨跟娃娃們講話似的，跟我說明世界上這些吃的用的東西，沒有一件是打天上掉下來的，都得有人去做出來。它還舉了一個例，例如蘋果——那就是人栽種出來的，懂不懂？而收音機呀自行車什麼的，那全是人製造出來的，明白了沒有？一本書也不是天生就有的，總得有人去寫出來，還得有人去印出來，知道吧？至於數學題目呢，可就得有別的同學花腦筋去把它算好：這一點咱們已經看出來了，不是麼？如此等等，如此等等。

「唔，總得有人做出來，」它很有耐心地重複了一遍，生怕我不了解似的。「你不去做，就得有別人去做，要不然世界上就不會有這些個東西。……」

我可再也不能不理了：

「你要什麼貧嘴！你到底是開玩笑還是怎麼著？」

「唉，怎麼是開玩笑呢！我只是想讓你別誤解我，」它身子不知為什麼哆嗦了一下。「你說吧。你自己什麼事也不用幹，可又要什麼有什麼，那當然就去白拿別人做好了的玩意兒，去打別人手裡把它給你拿來。這又有什麼奇怪呢？」

我咬著牙嚷起來：

「這是偷！這是偷！」

這時候我陡地想起了楊拴兒——他昨天口口聲聲佩服我，說我又是什麼什麼「手」，又是什麼什麼「臂」的……

「劉先生準也得奇怪，為什麼王葆會偷起同學的卷子來，」我忽然又想到了這件事，鼻尖兒那裡就一陣發酸。「同學們又該怎麼說呢？他們把我當做一個什麼人了呢，這會兒？」

我眼淚冒了出來，忍也忍不住了。

「我可怎麼辦呢，拿了別人那麼多東西？」

最糟心的是，這裡面還有公家的東西！我屋裡有好些玩意兒，那明明是百貨公司或是合作社的貨品，沒花代價就到了我手裡來了。那十來盆名貴花草呢，是哪家鮮花合作社的財產吧？還有一些是打食品公司弄來的東西，——可早就已經無影無蹤了，全被我消化掉了。

「錢呢，是不是人民銀行的？」

我想要一件一件都問明來路，可是問不出個頭緒。寶葫蘆全給忘了。它還問：

「你幹麼要關心這個呢？」

這可實在叫人忍不住了。我跳起來又把寶葫蘆一踢，它咕嚕咕嚕滾著還沒停下來呢，我跑上去又是一腳。它滾到了河岸邊，急忙打了個盤旋，才沒掉下河去。

「呃……」它剛這麼叫了一聲，我可已經趕到了它跟前，又是踢一腳。它一跳——不往河裡，倒是往高坎上蹦。

「好！你跑？」

我像搶籃球似的，一撲上去就把它逮住——「去你的！」使勁一摔，就把這個寶葫蘆摔到了河裡。

水裡咚地一聲響。仿佛落下了一個什麼重東西似的，濺起好些亮閃閃的水星兒。接著就蕩起了一道道的波紋，一個圓套著一個圓——一個圓一道光圈。好一會才平靜下來，水面上也沒有反光了：只瞧見有一絲一絲的蒸氣冒出來，越冒越多，越冒越多，漸漸地就凝成了一抹雪青色的霧。

那個寶葫蘆——那個神奇的寶貝——就連個影子也不見了。

三十六

我待在那裡傻看了一陣，才慢慢兒沿著河岸走起來。在一棵柳樹跟前我又站住了。這就是我上次坐著釣魚的地方。也就是在這個地方——我聽見了「格咕嚕」的叫聲，才把那個寶葫蘆釣了起來的。

離這兒不過兩米遠……哪，就是那兒：我在那兒打過兩個滾，翻過一個筋斗。「真是孩子氣，那會兒！」我一想到這個，臉上就發了一陣熱。

我在這裡蹲了一會兒，又走了幾步。又蹲一會兒，又走幾步。我腦筋好像一直沒休息過。想得又多又雜亂，連我自己都不知道想的是些什麼。太陽可已經當頂了。

這時候河裡給蒸出了一股不很討厭的腥味兒，聞著有一點兒像魚湯。這跟小路旁邊的臭蒿氣味混到了一塊兒，就彷彿灑了些芫荽菜似的。那一片臭蒿的附近——我記得很清楚：那的的確確就是我上回吃點心的處所。不錯，正在那兒長著幾棵車前草的中間，就打地裡冒出兩串冰糖葫蘆來過。而順著這片土坡——哪，這不是？——曾經滾來了兩個蘋果。

「誰知道那些個東西是打哪來的！我可糊里糊塗就都吃了。那會兒我要是……」

忽然一下子，我的唾液腺拼命活動了起來，讓我咽了又咽，沒個完。我疑心這幾秒鐘裡也許把我今天整天的分泌量全都用上了，要不起碼也有半天的量——約零點五升。

忽然一下子，有幾件什麼東西不知打哪兒落到了我手裡，我一吃驚，就全都掉下了地，——原來是幾個紙包。紙包裡的東西也散了一地：蔥油餅，核桃糖，熏魚……

水果也不缺：哪哪，那不是滾來了？而冰糖葫蘆——挺準確地仍舊插在那個老地方！．

我這一驚非同小可。我盯住地下這些精美細點，足足看了五六分鐘。

「怎麼又來了？那個寶貝不是已經給扔了麼？」

唔，也許是因為我曾經有過一個這樣的寶貝，我自己身上也就給沾上了一點兒寶氣了吧？要不然，怎麼現在我自己也有這號魔力了呢？

我又想：要是我自己真的也有了這號魔力，而現在又沒有一個寶葫蘆來給我添麻煩了，我凡事就可以主動了，——那麼情形是不是可以好一些？

「可是這核桃糖是哪一家的？」我瞧瞧包皮紙，可是沒有店名。

我躊躇起來：不知道該不該把它吃掉。老實說，這會兒我瞧著這些東西倒一點也不覺著膩味。……

「格咕嚕，格咕嚕。」

我吃驚得跳了起來，摸了摸腦門子。我四面瞧瞧。可鬧不清聲音是哪兒來的。河裡也沒發現什麼，此刻早已經收了霧，看得清清楚楚是一片平靜的水，一絲皺紋也沒有。

「許是我的錯覺……」

「請用，格咕嚕。請用。」

我又一跳。左面瞧瞧，右面瞧瞧。

「是誰？你麼？」

「是我，是我。」

「你躲在哪兒？」

「這兒，這兒，」——好像我小時候養的蛐蛐兒似的，在我兜兒裡叫喚著呢。

「咦，怎麼怎麼！……」

「你少不得我，我知道。」

「誰說的？」

「你想我來的。」

「什麼！」我叫起來。「想你？胡說！」

我把寶葫蘆掏出來，又使勁往河裡一扔。它可好像碰上了頂頭風似的，在空中劃了個半圓，落到了小路上。又一蹦，就往我身上撲過來。我拿手把它拍開，它又跳了幾跳，終於跳到我的腳邊。它說：

「反正你沒法兒把我甩掉。隨你往哪兒扔，我都不在乎。」

真是！我怎麼踢它，摔它，它可總死乞白賴要滾回我這兒來。它老是跟著我。除非拿刀子來劈……

剛這麼一想，我手上忽然就沉甸甸的來了一把劈柴的刀。

「好，管你是打哪兒拿來的，我先使了再說！」

一下子——「啪！」對準寶葫蘆就是一傢伙。

同志們知道，這時候我是在氣頭上，所以完全不去考慮會有什麼後果。這麼一個神奇的活寶貝——又會說話，又會揣摩人家的心思，又會打別人手裡給我搬東西來，又扔它不掉，——你如今竟滿不在乎地就那麼一刀！就那麼簡單？……要是在平日，我準會要這麼想一想的。

可是當時我一點也沒有考慮，就是那麼一刀。

我一刀下去，把這個寶葫蘆劈成了兩半，才陡然覺得有些可怕。我趕緊跳著後退了幾步，提防它有什麼神祕的變化。

我等著等著。可是什麼動靜也沒有。既沒有什麼火焰冒出來，也沒有一聲霹靂，也沒有地震什麼的。

世界上仍舊平靜得很。只有黃鶯兒在什麼樹頂上一聲兩聲地囀著。柳枝兒時不時懶洋洋地甩動一下。

我又等了好一會，才躡手躡腳走過去瞧瞧，好像去瞧一個點了引線放不響的「二踢腳」似的。

「哈，空的！」

這個葫蘆裡什麼也沒有。連個核兒也沒瞧見：不知道究竟是掉在地下不見了呢，還是它根本就沒有留下個種籽。

於是我又一傢伙，把兩瓣劈成了四瓣。再拿刀背來了幾下子，把它砸個七零八碎，才把柴刀一扔——

「看你還跟著我吧！」

我的話還沒有落聲呢，就瞧見這些個碎片忽然跳動起來。跳哇跳的，就乞里刮嗟一陣響，又拼成了一個葫蘆——跟原先一個樣兒，連個裂縫都沒有。色氣還照舊那麼新鮮：青裡透黃。

我說不出一句話來。它倒先開口了：

「我這號寶貝可不吃你那一套。」

聽聽它口氣！

「哼，你就那麼頑強？」

「唔，刀一劈，不但合起來仍舊天衣無縫，而且還更加堅固了。」

「那——那——」我想了一想，「那我燒！」

「好吧，也不妨試試看，」寶葫蘆表示同意。「哪，這兒是火柴，」（我手心裡就真的冒出了那麼一盒來，）「這兒是燃料。」（地下就真的現出了一堆劈柴，還有一些碎紙。）

它這麼一來，我要燒的勁兒可就減了一大半，覺著有些沒意思了。寶葫蘆可還是那麼熱心地幫助我：

「還要不要來一點兒煤油什麼的，燒起來更順當些？」

「怎麼樣？」我遲疑了一下。可是我手裡已經接到了一小瓶什麼油。「好，到底要瞧瞧你有什麼本領！」

我引起了火。等它一燒上來了，我拿起這個葫蘆就往那裡面一扔。一會兒焰頭就更高些了，還聽見的聲音，仿佛這個葫蘆還有點兒水分似的。

我想要看看它有什麼變化沒有。可是看不見。我走近了一些，彎下身子。突然火裡「啪！」的一聲，撲了我一臉的灰。

「嗯，這準是葫蘆裡的空氣膨脹了，就爆破了。」

可是我瞧見有個什麼東西跳到了我腳邊。我就像當中衛的接到了球似的，連忙把它一腳踢回出去。跟著，我一下子覺著我腹部什麼地方發起燙來，仿佛施行了熱敷。我一摸——那個地方忽然說起話來了，用的是一種朗誦的調子：

「唉唉，我是多麼的愛你呀，親愛的王葆！我的心有如……」

「又來了，你！」

嗨，你瞧！真的燒它不了。它還說：

「一燒，倒把我的熱情燒得更旺些了，我就更捨不得離開你了。」

三十七

同志們！你們說要怎麼著才好呢？我可真一點辦法也沒有。我坐在地下，胳膊肘擱在膝蓋上。下巴擱在兩手上。我瞧著那堆火慢慢兒熄滅下去，瞧著那一縷一縷的輕煙往上升。我一動也不動。後來連煙都淡得沒有了。

「我可怎麼回學校裡去呢？」我自問自，心裡難受得像絞著似的。

我兜兒裡可發出了很激動的聲音：

「幹麼要回學校去？在學校裡那麼不方便，你又何必回去受那個罪？」

我氣沖沖地說：

「什麼話！我不用學習了麼？」

「可是一個人為什麼要學習，我問你？」寶葫蘆理直氣壯地問我。「不是為了學好一行本領，將來可以掙錢麼？錢——你要多少就能有多少，有我！」

「呸！光只為錢哪？」

「還為什麼？」

我不理它。我知道跟它說不清。你們瞧！人家正想著將來要有很大的成就，要對祖國有很大的貢獻，——它可只惦記著「錢」「錢」！

「唔，你這一層意思我也能體會，」寶葫蘆回答著我心裡想的問題。「你是想著你一有了很大的成就，你就可以出名，就可以有榮譽，就可以讓報紙上都登著你的照片，讓大夥兒都讚揚你，不是麼？——那容易。我也能夠使你立刻就達到這個目的。……哪，給你！你瞧！」

「瞧什麼？瞧什麼？」我的心一下子跳得很響。「難道就有什麼報紙登上我的照片了麼？」

沒有。根本沒瞧見一張什麼報紙。

可是你瞧瞧地下！——哈呀，叫人眼都花了！地下滿地的獎狀和錦標，看都看不及。

我隨手撿起來一件，一瞧，是獎勵發明創造的。還附了一張藍圖呢：畫著些什麼機件，我看來看去看不懂。

「這是什麼？」

「這就是證件，證明這個玩意兒是你發明出來的。」

「誰問你！」

我又順手把腳跟前的一件打開，那可是一張青年文藝創作的優等獎狀。再瞧瞧前面那一面錦旗，只見上面繡著幾個大字：

「二百米蛙式冠軍。」

我正要再撿起一件來看看，我腦袋那麼一低，猛可裡就瞧見了我自己的胸部——滿胸脯的獎章！有各色各樣的圖形，有各色各樣的顏色。我自己可一點也鬧不清哪一塊是獎哪一宗事業的，是哪些部門頒發的。我更不知這是打誰身上弄來的了。

一時我也數不清一共到底有幾塊：我只記得齊我鎖骨的地方掛起，一排排地直往下掛——一排，兩排，三排……

「這夠不夠了？」寶葫蘆向我請示。「要不夠，不妨再添辦一些。」

我可不知道怎麼回答才好。我臉

上忽然一陣熱，覺著挺無味似的。可是我又有點兒好奇：不知道我這會兒是怎麼樣一副神氣了，可惜這裡沒有一面鏡子。

寶葫蘆告訴我：

「你這會兒可偉大了。要是新聞記者一瞧見了你，準得給你拍照。少先隊員準得來要求你和他們過隊日。你一天到晚的還會有人來訪問，請你去報告……」

我可打了個寒噤：

「讓我報告什麼？又是『我記起我是個什麼員』？」

正想著，忽然聽見什麼地方有人走路的聲音。

「糟！」我趕緊往地下一趴。我裝做睡著了，一面還悄悄兒伸手把那些獎狀和錦標扒了過來，一件件都給掖到我身子下面。

寶葫蘆可咕嚕著，越講越興奮：

「往後，你過的就盡是光明燦爛的日子了。再也用不著上學了。你再也別理你那些教師和同學了。他們只會麻煩你。你一個人過活可多好！反正一切有我：什麼也少不了你的。」

我不答理，只專心聽著腳步聲。似乎有人走著走著就上大路去了，沒過這邊來。不過接著又聽見有步子響。

寶葫蘆仍舊不停嘴地說著。它拼命勸我離開所有的熟人，那麼著我就可以放放心心去享受這號特殊的幸福，不至於礙手礙腳。

它還說，反正我能要什麼就有什麼，什麼也用不著去央求別人，那就再也犯不著去惦記別人，犯不著去關心別人了。

這裡它還反覆加以說明：

「你想吧，別人對你可會有什麼好處？沒有。害處倒多得很呢。第一，別人要是看破了咱們的祕密，咱們可怎麼辦？第二，別人要是知道你的一切玩意兒都是打他們手裡搞來的，他們不都會恨你麼？」

停了一下，它又說：

「不錯，以前這世界上倒的確有人愛你過，和你要好過。可是現在——現在可不一樣了。現在還不知道他們把你當做怎麼樣一個人了呢！乾脆你就誰也甭理，一個人過你的好日子。」

我一時沒有開口：我怕有過路的人聽見。寶葫蘆的聲音可很小，只有我分辨得出來。它就老是這麼嘰哩咕嚕。這幾天我本來聽它說話聽慣了，倒也不感覺到有什麼異樣，——現在可越聽越不像人的聲音，中間還有些個詞句我竟聽不懂了。

這時候我心裡禁不住想了一想這幾天裡所發生的事情。我就跟自己說：

「怎麼，還得讓我過一輩子這樣的日子？」

同志們！假如你是我的話，你怎麼個打算法？我要是依靠著這個寶葫蘆過生活，那我就只能依照著它勸我的那麼辦：我光只能跟這個寶貝過一輩子，我就沒有學校，沒有隊，沒有家，沒有親人也沒有朋友。當然，寶葫蘆可以給我弄錢來，還給我辦吃的喝的，使的玩的，一樣不缺。可是——

「可是我一天到晚的幹些個什麼呢？」——這個問題又來了。「我什麼也不用幹，什麼也不用學——這幾天就這麼著，可已經把我給憋慌了，受不了了。更別提要這麼著過一輩子！我活著是幹麼的呢？」

還有——哎，我還得一輩子老是這麼偷偷摸摸的，生怕碰見一個熟人，一碰見熟人我就得受窘，就得隨嘴編謊，因為全世界我只有跟這個寶葫蘆才可以說幾句真話。

「那有什麼關係，」寶葫蘆又發表起意見來。「你就別去碰見什麼熟人得了。咱們盡是瞧見生人，那還方便些呢。」

「哼，方便！——要是他一瞧見我這些個獎章，就要跟我交朋友，要跟我談起來，我怎麼辦？」

說著，我就一下子坐了起來——叮呤噹啷一陣響。我把胸前這些獎章一塊塊都給摘了下來。

「掛著吧，掛著吧，」寶葫蘆勸我。

「偏不掛！」

我摘了好半天才摘完。我起身就走。

「還有點心呢，」寶葫蘆又勸，「吃點兒吧。」

「偏不吃！」

三十八

我走了幾步又停了下來。

不知道為什麼，我竟像個孩子似的哭起來了，怎麼忍也忍不住。我不知道要往哪兒去。我想起了我們的學校，想起了我們的教室，仿佛覺得我已經離開了很久很久了似的。我非常想念我們的劉先生——他對我那麼嚴格，可又那麼喜歡我。我腦子裡還浮起了一個個人的影子：鄭小登，蘇鳴鳳，姚俊，蕭泯生，還有許許多多的同學，——我可真想和他們挨在一堆兒，跟他們談這談那的。

「小珍兒他們呢？他們有沒有聽說我今天的事？」

我本來還打算等今年放了暑假，就把他們組織一個鍛煉小組，一塊兒去學游泳的。

「可是他們還讓不讓我領著他們玩了？」

想著想著，我忽然驚醒了似的，四面瞧了瞧。

「可是我老待在這兒幹麼？」

我擦乾了眼淚，就又走起來。我總得往一個地方去——往哪兒呢，可是？

「先回家再說吧。」

眼淚可又淌了下來。

「爸爸是不是看出了點兒什麼來了？」我猛地想到了這個。「要是爸爸知道了我那許多東西是打哪兒來的話……」

我的腳步越拖越沉，簡直走不動了。

不知道怎麼回事，我忽然想起了我小時候——每逢我心裡一有什麼不自在，就一頭投到了媽媽懷裡，拱幾拱，就好了。可是現在——

「媽媽還沒有家來呢。」

接著我又想：

「這麼著倒還好些。要是媽媽在家，知道我在學校裡出的事……」

一下子我覺著非常難受。媽媽不是明兒就是後兒——準得回來了。可誰知道我明兒後兒又怎麼樣了呢？

我還想到了奶奶。奶奶從來沒跟我生過氣，我可淨跟奶奶使性子。我嘆了一口氣。

「我有時候態度太不好，我知道！」

我走著想著。我翻來覆去地想著家裡的人，想著學校裡的人。說也奇怪，我似乎到今天才真正體會到他們是怎麼樣的愛我（這以前好像從來沒這麼想過）。可是今天——就是這會兒——又覺著他們都仿佛跟我離開得老遠老遠了似的。

老實說——唉，我可多麼想照小時候那麼著，到家裡大哭一場，把一肚子的彆扭全都哭出來，讓奶奶哄哄我呀！

「快回去吧，不管怎麼著！」

我加快了步子。我一直進了城，在大街上走著。我低著腦袋，越走越快。可忽然——我事先一點也沒有發覺——我的胳膊被人拽住了。

腦筋裡來不及考慮怎麼辦。我只是——頭也不回，把身子一扭，掙脫了就跑。

「呃，王葆！」——我又給拽住了。「你往哪跑？」

「哎，是你喲！楊拴兒！」我透了一口氣。「你這是幹麼？」

楊拴兒壓著嗓子叫：

「別嚷別嚷！我問你，你是不是回家去？」
「怎麼？」
「來來，跟我走！」
「什麼？」
「你可不能家去了，」他小聲兒告訴我。「你家裡鬧翻了天了，為了你。你學校裡有人上你家找你，沒找著。他們打了電話給你爸爸，你爸爸可生氣呢。他們都追究你那一屋子東西是怎麼來的，還疑心你是跟我合夥呢。你奶奶直急得一把眼淚一把鼻涕的。」
「胡說！有這號事！」
「我這是顧上咱們的交情，才找你告訴來的。你愛信不信！」
「那你怎麼知道的？」
「那——這你甭問了吧。」
可是他四面張望了一下，還是告訴了我：他今天上我家去過兩趟，第二次去他就聽見嚷著這些個亂子了。
「我——我——老實跟你坦白吧，我是去拿你一點兒小玩意兒。……我實在沒辦法，王葆。你昨兒給我的那五塊錢，不知道怎麼不見了，我可只好……下回可再不敢了：我真的服了你了。」

「什麼？」

「喲，別逗我玩兒了。你自己還不明白？」

再問他，才知道他上我那兒偷走了我那隻花瓶，可是後來——他一點也沒瞧出什麼破綻，那隻花瓶忽然就不見了。於是他又混到我家裡去，這才發現那個贓物好端端地仍舊擺在我屋裡桌上。

「我真該死，王葆！我自個兒說：好，誰讓你去太歲頭上動土的，活該！這麼著還是便宜了你呢，人家『如意手』……」

「得了得了，別說了別說了！」我煩躁地打斷了他的話。「呃，我奶奶在家不在，這會兒？」

他剛要回答，可是忽然好像給什麼蜇了一下似地一跳。

「我得走：我家裡找我來了！」——他很快地這麼說了一句，掉臉就跑，轉眼就連人影兒都不見了。

我正在這裡發愣，我兜兒裡那個寶葫蘆可歡天喜地地叫了起來——我還從來沒聽見它這麼高興過：

「這可好了，這可好了！你完全自由了！」

「呸！」我啐了一口，拔腿就走。

「你上哪兒，王葆？」寶葫蘆問。

我不理。

我的寶葫蘆就又給我計畫起來：

「從此以後，就誰也管不著你，誰也礙不著你了。你一個人過日子要是嫌無聊的話，可以讓楊拴兒來給你搭搭伴兒：讓他也做你的奴僕……」

我走得更快，很響地踏著步子，就聽不見它下面說些什麼了。

三十九

事後我才知道，這時候我們學校裡大家都在那裡猜疑，不知道王葆鬧的究竟是怎麼回事。

他們談起王葆那一連串的古怪行為，擔心這個人是精神失常——不然沒法兒解釋。

「可是他哪兒去了，這麼找來找去找他不著？」

於是同學們就決定：吃了午飯以後，大家都犧牲一次午覺，分頭去找一找。

這時候我爸爸也到了學校裡。這就說起我屋裡那一大堆雜裡骨董的玩意兒——這到底是怎麼個來路。難道是王葆偷來的？或者是楊拴兒偷來窩藏在他那裡的？

同學們異口同聲地說：

「我們可不相信王葆會幹這樣的事。」

「那麼，敢情這也是一種什麼病？……」

大家正在這裡揣測不定哩，忽然聽外面有人叫：

「來了來了！」

接著就有蕭泯生飛跑到教導處門外，吼了一聲「報告！」就像栽了個筋斗似的衝進了房裡：

「王葆來了！」

不錯，王葆來了。

我回到學校裡來了。我到了教導處——剛好劉先生也在那裡，我爸爸也在那裡——我當著大家的面，打兜兒裡刷地抽出了那個祕密的寶葫蘆：

「哪，都是它！」

「這是什麼？……怎麼回事？」

「就是這個——這個這個——嗯，我——我我……」

「瞧你喘的，」劉先生讓我坐下，還倒了一杯開水給我。「你先歇一會兒吧，慢慢說。」

我等到喘定了，就開始說：

「那天是星期日……」

這樣那樣的。源源本本。內容就是我現在給你們講的這一些，不過比現在講得更詳細一點兒。

四十

我把寶葫蘆的故事一講了出來，就好像放下了一副幾百斤重的擔子似的：好鬆快！

至於寶葫蘆打別人那兒給我拿來的那些個東西——凡是擱在我屋裡的，都給搬到學校裡來了。玩意兒真多，今天可又添了好些：最引人注目的就是滿牆上掛著的那各種獎狀和各種錦旗——原來寶葫蘆都給拾掇了起來，陳列在我家裡了。

這都得好好兒處理。都得想法兒去歸還原主。

另外還有一些——例如寶葫蘆給我拿來的那些個錢，還有那些糖果點心什麼的——那我可已經花的花掉了，吃的吃掉了。我這就開了一張清單，準備照原價償還原主。

「可是原主都是些誰呢？怎麼知道哪是打哪一家拿來的呢？」這可真是一個問題。有的同學主張登報招領。可是廣告上怎麼寫呢？還有人主張到那些百貨公司和合作社挨家兒去問——

「同志，請您查一查你們這兒丟了什麼沒有。丟了東西找我就是。」

這怕也不行。

總之，還沒有決定用哪一個辦法。

這是寶葫蘆給我遺留下來的一個麻煩。

還有一個麻煩——雖然沒那麼嚴重，可也不好對付。這就是同學們都樂意研究寶葫蘆的故事，向我提出了許多問題。尤其是姚俊，他只要一有空就盯上了我，跟我討論寶葫蘆為什麼會說話，為什麼還會知道我心裡想的什麼，為什麼會去偷別人的東西——這是由於一種什麼動力？那輛自行車打百貨公司裡那麼飛出來，要是撞上了電線杆可怎麼辦？……淨這些。

同學們還把這個黃裡透青的葫蘆傳來傳去地仔細瞧著，想看看它究竟有些什麼寶氣。可是發現不出。搖搖，也沒有什麼響動。更不用提讓它變出東西來了。

此外是那幾條金魚，——同學也想要逗它們說話，問這問那，它們可堅決不吭一聲兒。

就這麼著，這一切試驗全都失敗了。說也奇怪，竟彷彿世界上不可能發生這樣的事似的！

除開了這些個問題以外，我還惦記到楊拴兒——可不知道他現在怎麼樣了。他那麼從他學校裡溜跑出來，我覺得我總也該負一部分責任。

「可那不是楊拴兒麼？」——我忽然聽見楊叔叔嚷。「快撵！」

「哪兒呢，哪兒呢？」

我剛一跑……不知道怎麼一來，我現在記不清了——我忽然睜開了眼睛……

「咦，怎麼回事？」

你猜是怎麼回事？——我發現我原來在床上躺著呢。

不錯，我是在家裡：我在我自己的床上躺著。只聽見奶奶說話。

「瞧瞧你！睡了那麼久！」

「楊拴兒呢？」我問。

奶奶莫明其妙：

「楊拴兒怎麼了？」

「他在哪兒呢？」

「他在哪兒？他不是好好兒在他學校裡麼？」

「怎麼，他沒溜出來？」

奶奶笑了：

「你還做夢呢。醒一醒吧。」

「哈，是這麼回事！哈！」我摸摸腦袋。

「我什麼時候睡著的？」

「你打學校裡回來，一睡就睡到這會兒。」

「哈！」我又叫了一聲，打了個呵欠。

原來——哈，同志們！就這麼回事！

後來呢？

後來我當然就完全清醒了。我一骨碌爬起來，洗了一個臉，就上姚俊家去了。和姚俊又到了蘇鳴鳳那兒：三個人一塊兒上鄭小登家裡玩了好一會。

我們同學們就這麼著。鬧歸鬧，鬧上一場也就算了，誰也不記恨。奶奶也笑過我們：

「到底是小男孩兒！」

四十一

你們聽到這裡，會覺著掃興吧？——

「怎麼！講了這麼老半天，只不過是做了一個夢！」

對不起，正是這麼著。

那你們也許會要說：

「說來說去，原來實際上可並沒有那麼回事——真沒意思！我們倒還認認真真聽著呢。嗨，只是一個夢！真荒唐！」

說的是呢！

我自己可也從此得了一個經驗教訓。我說：

「王葆哇，往後可再別做這一號夢了！要做，就得做一點兒別的夢。」

臺灣版後記

為重寫中國兒童文學史做準備

眉睫（簡體版書系策畫）

二〇一〇年，欣聞俞曉群先生執掌海豚出版社。時先生力邀知交好友陳子善先生參編海豚書館系列，而我又是陳先生之門外弟子，於是陳先生將我點校整理的梅光迪講義《文學概論》（後改名《文學演講集》）納入其中，得以出版。有了這個因緣，我冒昧向俞社長提出入職工作的請求。俞社長看重我對現代文學、兒童文學研究的能力，將我招入京城，並請我負責《豐子愷全集》和中國兒童文學經典懷舊系列的出版工作。

俞曉群先生有著濃厚的人文情懷，對時下中國童書缺少版本意識，且缺少人文氣質頗不以為然。我對此表示贊成，並在他的理念基礎上深入突出兩點：一是以兒童文學作品為主，尤其是以民國老版本為底本，二是深入挖掘現有中國兒童文學史沒有提及或提到不多，但比較重要的兒童文學作品。所以這套「大家小書」，頗有一些「中國現代兒童文學史參考資料叢書」的味道。此前上海書店出版社曾以影印版的形式推出「中國現代文學史參考資料叢書」，影響巨大，為推動中國現代文學研究做了突出貢獻。兒童文學界也需要這麼一套作品集，但考慮到兒童讀物的特殊性，影印的話讀者太少，只能改為簡體橫排了。但這套書從一開始的策劃，就有為重寫中國兒童文學史做準備的想法在裡面。

為了讓這套書體現出權威性，我讓我的導師、中國第一位格林獎獲得者蔣風先生擔任主編。蔣先生對我們的做法表示相當地贊成，十分願意擔任主編，但他畢竟年事已高，不可能參與具體的工作，只能以書信的方式給我提了一些想法，我們採納了他的一些建議。書目的選擇，版本的擇定主要是由我來完成的。總序也由我草擬初稿，蔣先生稍作改動，然後就「經典懷舊」的當下意義做了闡發。可以說，我與蔣老師合寫的「總序」是這套書的綱領。

什麼是經典？「總序」說：「環顧當下圖書出版市場，能夠隨處找到這些經典名著各式各樣的新版本。遺憾的是，我們很難從中感受到當初那種閱讀經典作品時的新奇感、愉悅感、崇敬感。因為市面上的新版本，大都是美繪本、青少版、刪節版，甚至是粗糙的改寫本或編寫本。不少編輯和編者輕率地刪改了原作的字詞、標點，配上了與經典名著不甚協調的插圖。我想，真正的經典版本，從內容到形式都應該是精緻的、典雅的，書中每個角落透露出來的氣息，都要與作品內在的美感、精神、品質相一致。於是，我繼續往前回想，記憶起那些經典名著的初版本，或者其他的老版本——我的心不禁微微一震，那裡才有我需要的閱讀感覺。」在這段文字裡，蔣先生主張給少兒閱讀的童書應該是真正的經典，這是我們出版本套書系所力圖達到的。第一輯中的《稻草人》依據的是民國初版本、許敦谷插圖本的原著，這也是一九四九年以來第一次出版原版的《稻草人》。至於解放後小讀者們讀到的《稻草人》都是經過了刪改的，作品風致差異已經十分大。俞平伯的《憶》也是從文津街國家圖書館古籍館中找出一九二五年版的原著來進行重印的。我們所做的就是為了原汁原味地展現民國經典的風格、味道。

什麼是「懷舊」？蔣先生說：「懷舊，不是心靈無助的漂泊；懷舊也不是心理病態的表徵。懷舊，能夠使我們憧憬理想的價值；懷舊，可以讓我們明白追求的意義；懷舊，也促使我們理解生命的真諦。它既可讓人獲得心靈的慰藉，也能從中獲得精神力量。」一些具有懷舊價值、經典意義的著作於是浮出水面，比如孤島時期最富盛名的兒童文學大家蘇蘇（鍾望陽）的《新木偶奇遇記》；大後方為少兒出版做出極大貢獻的司馬文森的《菲菲島夢遊記》，都已經列入了書系第二批順利問世。第三批中的《小哥兒倆》（淩叔華）《橋（手稿本）》（廢名）《哈巴國》（范泉）《小朋友文藝》（謝六逸）等都是民國時期膾炙人口的大家作品，所使用的插圖也是原著插圖，是黃永玉、陳煙橋、刃鋒等著名畫家作品。

中國作家協會副主席高洪波先生也支持本書系的出版，關露的《蘋果園》就是他推薦的，後來又因丁景唐之女丁言昭的幫助而解決了版權。這些民國的老經典，因為歷史的原因淡出了讀者的視野，成為當下讀者不曾讀過的經典。然而，它們的藝術品質是高雅的，將長久地引起世人的「懷舊」。

經典懷舊的意義在哪裡？蔣先生說：「懷舊不僅是一種文化積澱，它更為我們提供了一種經過時間發酵釀造而成的文化營養。它對於認識、評價當前兒童文學創作、出版、研究提供了一份有價值的參照系統，體現了我們對它們的批判性的繼承和發揚，同時還為繁榮我國兒童文學事業提供了一個座標、方向，從而順利找到超越以往的新路。」在這裡，他指明了「經典懷舊」的當下意義。事實上，我們的本土少兒出版是日益遠離民國時期宣導的兒童本位了。相反地，上世紀二三十年代的一些精美的童書，為我們提供了一個座標。後來因為歷史的、政治的、學術的原因，我們背離了這個民國童書的傳統。因此我們正在努力，力爭推出真正的「經典懷舊」，打造出屬於我們這個時代的真正的經典！

但經典懷舊也有一些缺憾，這種缺憾一方面是識見的限制，一方面是因為審稿意見不一致。起初我們的一位做三審的領導，缺少文獻意識，按照時下的編校規範對一些字詞做了改動，違反了「總序」的綱領和出版的初衷。經過一段時間磨合以後，這套書才得以回到原有的設想道路上來。

欣聞臺灣將引入這套叢書，我想這對於臺灣人民了解大陸的兒童文學是有幫助的。林文寶先生作為臺灣版的序言作者，推薦我撰寫後記，我謹就我所知，記述於上。希望臺灣的兒童文學研究者能夠指出本書的不足，研究它們的可取之處，為重寫兩岸的中國兒童文學史做出有益的貢獻。

二〇一七年十月於北京

眉睫，原名梅杰，曾任海豚出版社策劃總監，現任長江少年兒童出版社首席編輯。主持的國家出版工程有《中國兒童文學走向世界精品書系》（中英韓文版）、《豐子愷全集》《民國兒童文學教育資料及研究》，主編《林海音兒童文學全集》《冰心兒童文學全集》《豐子愷兒童文學全集》《老舍兒童文學全集》等數百種兒童讀物。二〇一四年度榮獲「中國好編輯」稱號。著有《朗山筆記》《關於廢名》《現代文學史料探微》《文學史上的失蹤者》，編有《許君遠文存》《梅光迪文存》《綺情樓雜記》等等。

民國時期經典童書 A0801021

寶葫蘆的祕密

作　　者 張天翼
版權策劃 李　鋒

發 行 人 陳滿銘
總 經 理 梁錦興
總 編 輯 陳滿銘
副總編輯 張晏瑞
編 輯 所 萬卷樓圖書(股)公司
特約編輯 沛　貝
內頁編排 小　草
封面設計 小　草
印　　刷 百通科技(股)公司

出　　版 昌明文化有限公司
　　　　 桃園市龜山區中原街 32 號
電　　話 (02)23216565
發　　行 萬卷樓圖書(股)公司
　　　　 臺北市羅斯福路二段 41 號 6 樓之 3
電　　話 (02)23216565
傳　　真 (02)23218698
電　　郵 SERVICE@WANJUAN.COM.TW
大陸經銷
廈門外圖臺灣書店有限公司
電郵 JKB188@188.COM

ISBN 978-986-496-073-6
2017 年 12 月初版一刷
定價：新臺幣 360 元

如何購買本書：
1. 劃撥購書，請透過以下帳號
帳號：15624015
戶名：萬卷樓圖書股份有限公司
2. 轉帳購書，請透過以下帳戶
合作金庫銀行古亭分行
戶名：萬卷樓圖書股份有限公司
帳號：0877717092596
3. 網路購書，請透過萬卷樓網站
網址 WWW.WANJUAN.COM.TW
大量購書，請直接聯繫，將有專人為您服務。(02)23216565 分機 10

如有缺頁、破損或裝訂錯誤，請寄回更換

國家圖書館出版品預行編目資料

寶葫蘆的祕密 / 一張天翼 著 .
-- 初版 . -- 桃園市 : 昌明文化出版 ;
臺北市 : 萬卷樓發行 , 2017.12
254 面 ; 14.5×21 公分 . -- (民國時期經典童書)
ISBN 978-986-496-073-6 (平裝)
859.08　　106024147